霧的鋼琴詩想

雲天攝影詩集

雲天 著

新世紀美學　出版

以詩句展開旅行的翅膀

第一本《雲天詩集》，力量來自於莫名。

第二本《雲天詩集》，力量來自於衝動。

而，第三本《雲天詩集》，力量來自於執筆的初衷

來自於詩歌、攝影、生態、旅行及文學理想的聚合

我的詩句，喜歡展開旅行的翅膀。

我的旅行，喜歡攜帶攝影的思想。

我的攝影，喜歡對焦文學的意象。

雲天

1880 年法國數學家 Henri Poincar 發現 n 次一般方程式的根可以用其係數經過加、減、乘、除、開方和 Fuchs 函數的組合，表示出來 (註 1)。2011 年筆者發表第二本詩集《窗子的聯想》之後，某日，生態之旅，有霧，來自四面八方，以大自然的方程式，或加、或減、或乘、或除、或開方，或把蘊藏在宇宙之間的極致聲光、色彩，漸次拼湊、裁剪、堆疊成一首繽紛多采的組詩，這首組詩，就名之為〈霧的方程式〉。這首詩發表在臉書之後，意外獲得馬來西亞文化創意玩家網站「愛墾網」作家開篷樂勢力 (註 2) 的青睞，全文轉載到該網站「愛墾雲端藝廊 --- 小時代趣味主題館」。由於這一轉載，我特地再深入咀嚼〈霧的方程式〉整首詩，未料，竟然發現「霧」的真正身分是詩人，因為「她」所到之處，都鋪陳著絕美的「想像空間」。在

整首詩的意境結構中，我獨鍾於「鋼琴詩人的擬想」。於是，我決定把第三本詩集命名為《霧的鋼琴詩想》。

這部詩集《霧的鋼琴詩想》，分成三大輯要：輯一是「鄉情詩篇」，寫第一故鄉諸羅山（嘉義縣、嘉義市）及第二故鄉（花蓮縣、台東縣）的鄉情。輯二是「生態詩篇」，從大地之母「蓋婭」的地球情懷伊始，乃至逐漸走向歷史的一棵樹為止的種種宇宙心事。輯三是「行旅詩篇」，寫生態研究的行旅過程中，對於生命的喜悅與感歎。

從第二本詩集到第三本詩集之間，有些文學大事記值得筆者於此銘記之：
其一、參加 2011 年行政院人事行政局「地方研習中心」公共論壇網站「版主達人獎」比賽，獲得全國第一名。
其二、雲天的新詩〈口足畫的世界〉，受到「國際口足畫藝協會」的青睞，於 2012 年 10 月 3 日至 6 日，在中正紀念堂「中正藝廊」為「國際口足畫家亞洲區聯展活動」代言。
其三、2012 年，雲天的作品榮獲嘉義市政府、嘉義縣政府推薦，參加教育部「社會教育司」舉辦的 101 年世界書香日系列活動。
其四、2013 年參加南華大學舉辦「第七屆全國研究生文學符號

學研討會」評論人；2013 年新詩入圍南華大學第六屆文學獎；2014 年參加南華大學舉辦「第七屆全國研究生文學社會學研討會」發表人；2014 年論文〈探析大觀園匾額對聯的文化品位〉發表於南華大學《文學前瞻》第 14 期。

其五、2014 年 6 月，取得南華大學文學系研究所碩士學位，碩士論文是《以詩的名，建構美的生存空間——徐仁修生態攝影童詩之研究》

其六、2014 年 12 月，考上 104 學年度東海大學「中國文學系」博士班。

其七、2015 年 12 月 13 日獲得「2015 桐花文學獎」一般組「新詩類」佳作獎。

因為碩士論文的研究，必然會壓縮到文學創作的時間。後來，因為一股亟欲突破創作瓶頸的企圖心，一頭栽進文學系研究所的領域，殊不知卻因而迷上了「論術之美」，至今依然興致勃勃。如果有人問我，此興致為何而來？我會直率地回答，那是一種偌大的、莫名的力量，這股力量，是足以排除萬千困境的。

通過文字的把脈與歸類，本書的三大編輯旨趣，清楚地浮現出筆者新詩創作的特色，而這特色，除了詩歌、旅行、攝影之外，還

注入了學術研究領域中，才可領略的宇宙人生的關懷，而這份關懷夾雜著文學感性之情，也增添了自然質樸的生態之美。

未來，第三本詩集通往第四本詩集的過程，勢必還有更艱困的論述及文創之路要走，筆者且枕書以待，執筆以迎。

殷切冀望浩瀚文學，賜我力量！

附註 1：《數學傳播第八卷第四期、第九卷第一期》〈方程式求解問題〉，康明昌，2000 年中央研究院數學所、台大數學系網站，搜尋日期 2015 年 8 月 8 日，頁 1。附註 2：Comment by(開篷樂勢力) 於 2014 年 8 月 9 日轉載雲天的〈霧的方程式〉到「愛墾網站」。

霧的鋼琴詩想
雲天攝影詩集

目次

2　以詩句展開旅行的翅膀　　　自序

12　霧的方程式　　　　　　　　序詩

輯一　鄉情詩篇

20　諸羅城是燦立於北回歸線上的金鑽【獎】

32　大林，My Darling

36　我在池上遇見優人神鼓

40　蘭潭的心目中，誰最美

42　「射日塔」咖啡館

44　諸羅城的街道是幸福的音樂之河【獎】

46　一朵蓮花，用甚麼聽世界

50　2010 太魯閣峽谷音樂節

52　池上鐵路月台便當

54　傾聽一抹油彩的聲音

56　My Daling 茄苳樹之夢幻組

輯二　生態詩篇

62　客家大院之組曲【獎】

64　蓋婭的凝視

66　我在國家圖書館遇見莊子

68　研習中心生態池之交響樂章【獎】

76　油桐花的組曲

78　含羞草的心事

80　漂流木之歌

82　水珠，在荷葉上

霧的鋼琴詩想
雲天攝影詩集

84　炮仗花的故事

86　C 大調的貓

88　白鷺鷥的天空

90　白鷺鷥戀曲

92　海芋的聯想

94　水族箱的狂想曲

96　炮仗花的聯想

98　阿里山的雲海

100　海的聲音

102　聽海

104　向日葵

106　紅龍果的聯想

110　鄉村交響曲

112　花蓮石雕組曲

114　海芋，花開的聲音

116　你我是逐漸走向歷史的一棵樹

輯三 行旅詩篇

120 日月潭的纜車之旅

122 天空之橋,外一首

124 我在一座城市,遇見幾米

128 翠峰湖的環山組曲

132 南庄老街是一座長長的生活印象畫廊

138 一座白色的沙灘世界

140 南橫公路之組曲

146 解開南投山水的拉鍊

150 黃金海岸之浪漫書寫

152 紅毛城之戀

156 夢竹林

160 一個女人蓋的房子

162 夕陽 · 紅檜 · 我

164 中二高「清水休息站」

霧的鋼琴詩想
雲天攝影詩集

166 竹子湖的白色情人交響曲

170 淡水老街的側影

172 轉角咖啡屋

174 淡水行系列：情人橋

176 過港隧道的印象

178 「神話之鳥，就在馬祖」

180 金城武樹

182 藏龍為 2012 彰化鹿港燈會喝采

186 跋詩〈坐看雲起時〉

188 雲天的文學大事記

霧
的
鋼
琴
詩
想

霧的方程式

之一、山霧

當早晨的櫥窗，飛入
一群白鷺與山巒的峻秀
窗戶扮演電影布幕，聽任
小城故事在妳我的眼眸呈現

松濤，獨奏薩克斯風的心事
山風，以小品文的音律
吹開森林的心事
楓紅，以烈酒的熱情
迷醉一隻小松鼠
整座叢林，遍植四面蒼鬱
八方雋永的　夢

之二、海霧

海是夢的舞台

海平面以上，有雲的時代構想

一朵浪花，踏出一個舞步
一隻海鳥，掌握一個節奏
每一朵雲，都有一個夢想

海平面以下，由鯨魚擔任交響曲的指揮
穿來穿去大尾小尾的魚群
每一隻都是一種樂器
搖來搖去寫來寫去的海草
每一筆都搖曳著草書的丰姿

海，惹來的霧，在雲的舞台

之三、江河的霧

江河，無庸竹筏、船隻
也無需搭建水上房屋
便可悠悠然，書寫竹林
下棋、品茗、談天、說地
耕田、種菜、蒔花
或者也可以邀請蘇東坡與佛印到此
辯論，為江上的蜻蜓
為河邊的蝴蝶與芒花
演繹一場江河與霧的辯白

之四、花中霧

信不信？
花開的聲音是一陣霧
一陣霧的味蕾有一畝花田
一畝花田綻放著霧來的聲音

信不信？
霧的數量好比千片羽毛
一片羽毛有一首詩的重量
一首詩可以滋養萬畝花田

信不信？
花的臉譜有霧的圖騰
霧的夢裡有花的模樣
信不信？霧裡有花在開

花中，有霧在飛

之五、妳，髮上的霧

一群白蝶是一陣霧
一陣霧是一群白蝶
白蝶銜著一座山城的樸素
停駐在妳的
髮稍

妳的髮，是黑白鍵盤
霧，是鋼琴詩人

輯一 鄉情詩篇

序曲：

「他們是一顆埋藏在沙石中的金鑽。我想用音樂告訴世人，在那個遙遠的地方，有一群人正在創造藝術的殿堂。」柏林音樂指揮家勞斯‧魏西曼如此讚美非洲剛果「金夏沙交響樂團」。

想像勞斯‧魏西曼如果蒞臨諸羅城市，會如何讚美這一座城市？我大膽的假設，他會很肯定的說：「諸羅城是燦立於北回歸線上的金鑽」。

諸羅城是燦立於北回歸線上的金鑽

諸羅城是管樂的母親，信不信？
君不見
諸羅城的土地已經懷孕了
去年冬天蟄伏在土地裡的
管樂胚胎，已經逐漸成形
已經逐漸胎動
已經成為大腹便便的孕婦
準備以鄉土為床
準備使出阿里山日出的力量
讓光彩耀眼的管樂，呱呱，臨盆
呱呱臨盆，於是
諸羅城是燦立於北回歸線上的金鑽
每一束光芒，都綻放著奪目燦爛的笑容
每一枚笑容，都綻放著鏗鏘有力的語彙
每一組語彙，都訴說著絢麗的小城故事

諸羅城是燦立於北回歸線上的金鑽
第一道光芒，獻給台灣管樂的母親
第二道光芒，獻給這一塊土地的子民
第三道光芒，獻給全世界的山脈與海洋

諸羅城是燦立於北回歸線上的金鑽
彷彿一座藝術燈塔
每一盞燈光，都是文化火種

每一種文化，都是一把火炬
每一把火炬，都點燃城市的夢
每一個夢，都劃亮全世界的天空

第二樂章
「管樂城市」的獨奏之美

之一、「管樂小雞」

誰願意拉高嗓子，歌頌諸羅城的夢
誰願意挺立英姿，守望管樂的天空

哇！原來是
那隻聳立於諸羅城的首席小號手，「管樂小雞」

一聲鳴叫，日月星辰如此震撼
再聲鳴叫，城市風景逐漸起床
三聲鳴叫，全世界的動感神經
紛紛，騷動

紛紛，騷動
於是，嘉義市的手足都動了起來
（街頭巷尾、高樓大廈，如此管樂）
中央噴水池的手足都動了起來

（水柱、水花，如此管樂）
中正公園、文化公園的手足都動了起來
（藝術人文、花草樹木，如此管樂）

「管樂小雞」是聳立於諸羅城的首席小號手
「不鳴則已，一鳴驚人」

之二、薩克斯風

想像城市的夢，是煙斗狀的
想像斗缽裡，住著千百枚音符
想像點燃火焰之後
千百枚音符，都羽化成千百隻白鶴
千百隻白鶴，都從斗缽，孅孅飛起

想像一棵樹，每一片葉子都是抽象的色彩
想像色彩暈染著千百種聲音
想像這是一株逐漸茁壯的音樂樹
想像音樂樹的葉面，都裱褙著城市的夢

想像狂野的旋律是一把別針
想像浪漫的曲調是一把別針
別在髮梢、別在衣襟、別在腰際
別在睫毛、別在耳翼可及之處

想像每一個喇叭口，都是管樂的眼睛
每一隻眼睛，都可以洞穿我的心事
我的心事，無法躲藏
無法躲藏，如此脈脈的深情顧盼

之三、法國號

彷彿是全世界最優雅的聲樂代言人
擅長使用拇指與按鍵，狩獵叢林與荒野的節奏
擅長使用磅的旋律，狩獵一座城市的雄偉心跳

把一具富麗堂皇的別針，別在胸前
把優雅的音符別在胸前，然後
以英雄之姿，發聲！
以美人之姿，孵夢！
你說
燦美的張力，是一場池水漣漪的暈開圖騰
迴轉的旋律，是色彩歌劇的精湛演出
貴族的口吻，彷彿在召喚天邊的雲朵
情緒的出口，在眉宇之間
向四周探索
向前後探索
向你我的耳翼，豎起的方向，探索

之四、小喇叭（小號）

用「人小鬼大」描述你，如何
否則怎麼可以，瞬間
如貓之溫馴
如萬馬之奔騰
如羊之嘶喊
如貝殼之喃喃低語
如一棵樹，開花的聲音
向全世界發出一枚、一枚的管樂囍訊

用「向日葵」描述你，如何
否則怎麼可以
如此亮麗圓潤
如此氣勢高昂

一株伸長頸項的花朵
竟然，一探頭即可震撼千畝花田
竟然，一口氣即可驚豔一座城市

之五、爵士鼓
　　銅鈸

　　　　　　　　邊鈸（打點鈸 RIDE）
　　　　中鼓 1　中鼓 2

HIHAT（踩鈸）

　　　　　　小鼓　　　　　落地鼓

　　　　　　　　大鼓

鼓槌一敲

則四面音符、八方旋律

都從地下冒出、從山巒蹦出

都從海上湧起、從天上飛來

都從森林飛出、從瀑布飛颺

都從內心跳出、從眼眸溢出

都凝聚成早晨的露水

都散佈成夜空的星子

都在拼湊一個月亮的故事

都在綻放一顆太陽的光芒

之六、長笛

仰望，於是高樓大廈的窗口，有話要說

凝視，於是巷弄街道都長了翅膀

翅膀隨著你的指尖

隨著你的唇語

隨著你的心跳節奏，忽下忽上

忽徐忽緩，於是翅膀

飛進城市的每一寸毛細孔（窗戶）

於是俯瞰

於是踮起腳尖
於是欠身、於是迴轉
於是，翩翩然　棲息、仰望、凝視

之七、航空城堡

「嘉義市中山路」是厚實的城市臂膀
以「管樂之都」的名，向世界招手

向世界招手，因而全世界的管樂音符
都乘著「旋律的翅膀」
穿透夢想的雲層
凌駕時代的構想
往北回歸線 N23.5 度的方向
呼嘯而來

嘉義市，是一座用幸福打造的航空城堡
以「管樂之都」的名，向全世界招手

第三樂章
諸羅城的天空，非常莫札特

諸羅城的天空，非常莫札特
君不見
這裡的天空有交響管樂團（氣象恢弘千百年）

雲系、日系，如此壯觀
星系、月系，如此浪漫
君不見！那太虛蒼穹好不熱鬧

諸羅城的地上，非常小約翰·史特勞斯
君不見
這裡的地上有交響管樂團（鄉土氣息大地起）
高樓、大廈，如此氣勢磅礡
小木屋、透天厝，如此典雅
君不見！那街道巷弄好不本土

諸羅城的植物園，非常史坦·蓋茲
君不見
這裡的植物園有交響管樂團（優雅閒情大自然）
桃花心木、肯氏南洋杉，演繹著渾然天籟
黑板樹、印度紫檀，如此蕩氣迴腸
君不見！那「林場風清」好不優雅

諸羅城的花海節，非常貝多芬
君不見
這裡的草巷、花弄有交響管樂團
（花田鼓吹，慶豐年）
大波斯、黃波斯，如此冶豔瑰麗
向日葵、百日草，如此樸實高雅

君不見！那花田囍事好不熱鬧

諸羅城的阿里山小火車，非常管樂
君不見
「第 25 號檜木列車」承載著爵士印象
用 Tuba（低音號）的雄偉氣勢
在 2010 年的冬天
在諸羅城的鄉土
向全世界的管樂屋頂，發出第一聲鳴笛

諸羅城的管樂，非常芳香
君不見
這裡的糕餅、西點，都是用管樂烘烤的
這裡的咖啡、茶點，都是用管樂烘焙的
這裡的街燈、霓虹燈，都有管樂的味道
這裡的雞肉飯、方塊酥，都洋溢著管樂的喜氣
這裡的管樂，真的非常芳香

尾曲
迎你

我有金石兮，擊考崇崇。與汝歌舞兮，上帝之風。
由六合兮，英華颯颯。
我有絲竹兮，韻和泠泠。與汝歌舞兮，上帝之聲。

由六合兮，根底贏贏。
— 唐朝詩人元結的《補樂歌十首》

你來，我就等你來

2011 年的夏天
如果，你從太平洋的方向飛躍而來
如果，你從台灣海峽的方向飛躍而來
如果，你打四面八方翩翩而來
這一座城市將舉辦一場「世界管樂年會」
這裡的管樂小雞，將扮演宴會的總招待
這裡的豔紫荊，將率領萬紫千紅
以辦「囍事」的心情
迎，你

你來，我就等你來

2011 年的夏天
如果，你從東、南、西、北飛奔而來
我將敞開這一座藝術殿堂的大門
以辦「囍宴」的心情
迎，你

附註：（本詩榮獲 2010 嘉義市國際管樂節「管樂心情故事」
徵文比賽第 2 名）

1、2010 年 11 月 25 日聯合報刊登了一則關於「金夏沙交響樂
團」的故事。這則故事，日前經德國《明鏡》週刊披露後，
打動了柏林音樂指揮家勞斯 • 魏西曼和電影導演馬丁 • 巴
爾，因此他們在金夏沙用鏡頭記錄了這個樂團的夢想。這部
紀錄片在今年的柏林電影節感動了很多觀眾。勞斯• 魏西曼
因而說：「他們是一顆埋藏在沙石中的金鑽……。」

2、2010 年 10 月 26 日華視新聞網：
　　副總統蕭萬長表示，慶祝建國百年的「四大國際活動」中，
以嘉義市政府所主辦的「2011 世界管樂年會」節慶活動最
為獨特。市長黃敏惠指出，2011 世界管樂年會能夠配合建國
一百年系列活動，深感榮幸，屆時全世界優秀的管樂團隊將
齊聚於此，這項榮耀，不僅屬於嘉義市，更是台灣的驕傲。

3、2010 年 12 月 6 日中國時報：
　　嘉義市長黃敏惠表示，文化公園的「管樂小雞」造型構想，
來自嘉義市火雞肉飯的「雞」、肚子為法國號、尾巴則為中
央噴水池。它是管樂節吉祥物。

4、我最欣賞的管樂名家：
　　莫札特是貝多芬最崇拜的人。音樂大師柴可夫斯基尊稱莫札
特為「音樂的救世主」；小約翰・史特勞斯是奧地利作曲家，
以圓舞曲聞名；史坦 • 蓋茲是聞名的天才式即興演奏中音薩
克斯風樂手；貝多芬的「第九交響曲 • 第一樂章」演奏氣勢
磅礴宏偉，猶如一首神聖的史詩。

5、豔紫荊是嘉義市的市花。

大林，My Darling

之一、早安！米蘭小鎮

早安！米蘭小鎮
每當阿里山的太陽都還在酣睡之際
百年煙囪，總急著打大林糖廠那個方向
向全世界招手
向全世界問一聲「早安」

早安！米蘭小鎮
聽說，從前「大埔林」的松鼠
喜歡叼著森林的故事與雲朵玩遊戲
聽說稻田裡的蟋蟀是「大埔林」的最佳代言人
不信！您聽，它們合唱的歌詞是「Darling…
Darling…」

之二、午安！My Darling

「達令」！「達令」！
原來名字的聲音可以如此清脆響亮
音律的芽苗，可以順著鄉土的心脈

經過唇瓣的允許　逗出
哇！這聲音，竟然如此甘甜
這滋味，竟然從舌尖通達耳翼

「My Darling」！「My Darling」！
似遠似近的聲音，彷彿來自於五百年前的
一片樹林的呼喚
一片土地的呼喚
呼喚一個愛人的名字

之三、晚安！我的愛人

小鎮的黃昏，有暗香隱隱而來
隱隱而來，而越夜越馨香
有人說，那是鄉土的氣息
有人說，那是蝴蝶的芬芳
也有人說她的主題是「I Love You」

晚安！我的愛人
聽說，您以蘭花的名，張開小鎮的眼眸

守望於大林的邊境，等候即將到來的晨曦

打算用盡八公里的長度

向大林自行車步道的遊客訴說：

從前的從前、現在的現在、未來的未來

諸羅樹蛙的神奇

三角、草蔗埕五分車的聲音

大林糖廠「枝仔冰」的古早味……

附註：

嘉義縣大林鎮，「大林」兩個字的發音跟英文的「Darling」
非常相近，您說呢？大林鎮有「米蘭小鎮」之稱。所謂「米」
是指稻米，「蘭」是指蘭花（大林的蘭花要以蝴蝶蘭及文心
蘭最出名）。（2013 年 4 月 27 日刊登於中華日報副刊）

我在池上遇見優人神鼓

秋天，我在池上遇見優人神鼓
那時，所有逐浪而來的燕子都在追趕時髦
所有阡陌都想站立起來舞動鼓錘
所有旅人的腳都把鄉土當作舞台
都在尋找一條沒有電線桿的鄉間小路
尋找咖啡廣告裡　一片金黃色的稻田
聽說，咖啡豆與稻米在鼓聲的錘鍊之下
也都輕盈地滑動舞步，顛覆鄉村緩慢的節奏
聽說，大鼓與小鼓在稻香的薰陶之下
也都捲起了蘊藏在午后的千百種閒愁
也都掀開了心房，飛出了屋頂，然後追逐陽光

秋天，我在池上遇見優人神鼓
那時，所有稻穗都包含著這個村莊金黃色的夢
所有大、小鼓手都是抽象派的畫家
所有田園風光、山川溝渠都是油彩畫的顏色
所有顏色都以拍子的姿態，挑選了美麗的落
點----------
第一面鼓，射出太陽的光芒
第二面鼓，笑成千變萬化的雲朵
第三面鼓，綠成一片草原
第四面鼓，轉成池塘的水車

第五面鼓，滾成淙淙的溪水
第六面鼓，不動如山
第七面鼓，藏在一個人的體內
第八面鼓，集合所有的鼓，張成一面網

秋天，我在池上遇見優人神鼓
優人神鼓以鄉間的劇場，迎我
迎我，以千百朵看不見的聲浪
迎我，以宇宙古往今來的生命
迎我，以土地此起彼伏的力量

附註：
2012 年 11 月 3 日台東縣池上鄉錦新三號道路舉行一場池
上秋收音樂節，優人神鼓在田野之中，用鼓聲掀起稻浪，
藉以表達謝天的敬意。(2012 年 12 月 9 日刊登於中華日
報副刊)

蘭潭的心目中，誰最美

所有紅橙黃綠藍靛紫，曲調如流
妳的基本底色，高潔如水
妳是城市裡的一顆明珠
閃耀的眼裡，誰最美？
是 ---- 伐向陳澄波畫裡的那一葉舟子

所有高矮圓扁寬窄，錯落如城
妳的主要顏色，謙卑如山
妳是城市裡的透明羽翼
翩翩的風采，誰最美？
是 ------ 如舞的波光，如飛的漱影

所有四季的抑揚頓挫，迴旋如夢
妳的次要顏色，精彩如雲
妳是城市的一部鋼琴
跳躍的鍵盤，誰最美？
是 ------- 上上下下起起伏伏的漣漪

所有環潭的光暗明滅，清晰入圍
妳的補充顏色，千變如歌
妳是城市的一隻蝴蝶
蛻變的音色，誰最美？

是 ------- 水的語彙、告白、舞步、身段

把所有的聲音、光線與顏色都栽種在胸臆
然後，用千迴百轉的鳥囀蟲鳴
叩問蘭潭
「妳的心目中，誰最美？」

附註：
嘉義市蘭潭亦稱南潭，位於嘉義市的東北郊，是嘉義自來
水廠的蓄水庫，提供該市居民的飲水灌溉。蘭潭風景如畫，
潭水清澈見魚，山光水色，尤其有霧月之夜，更見朦朧情
境，故有「蘭潭泛月」之美稱，列為嘉義八景之一。沿岸
的環湖公路，適合騎乘腳踏車、散步，更適合跑步環湖觀
景。(2014年3月3日刊登於更生報副刊)

「射日塔」咖啡館

十一樓的咖啡是一把薪火
諸羅城用四季的
風景，劃亮它

十一樓的窗戶是咖啡的眼睛
天空用北回歸線的
緯度，點綴它

十一樓的那一個咖啡杯
盛裝的是一座城市的心事
還是一座公園的繽紛
妳問

這裡的咖啡，多了一份附註
它的顏色多了一種浪漫
它的煙霧多了一份傳說
它杯上的浮水印多了一個夢
我說
杯緣是弓；味蕾是箭
攪拌之後
直接命中我的心

我的心，變成一顆秋天的太陽

附註：射日塔的 11 樓是景觀咖啡廳，可以一邊品嘗咖啡，
一邊用 360 度的悠閒，眺望嘉義市美景。（2011 年 11 月
23 日刊登於金門日報「副刊」）

諸羅城的街道是幸福的音樂之河

管樂器，好比悠游的魚群
旋律，彷彿蝶舞繽紛的氣泡
世界各國的踩街隊伍
把諸羅城的街道
踢踏成幸福的音樂之河

附註：2010 嘉義市國際管樂節「管樂心情小語」
徵文比賽「入選獎」。

一朵蓮花，用甚麼聽世界

一朵蓮花，用甚麼聽世界
妳說，一朵蓮花
用玉、用石，鑲嵌太平洋的左岸
聽說，太魯閣的高山峽谷，是坐禪的老師父
聽說，燕子口的百燕，習慣在深山修行唸佛
聽說，鯉魚潭的舟子，是練經的小沙彌
聽說，海岸山脈的每一顆石頭
每敲擊一次，便有活生生的，偈
跨越前世與今生
打石頭縫中
跳，躍，出，來
每敲擊一次，便有此起彼落的
手臂
隨著千百條溪流的形狀，滾滾流動
隨著森林松濤的節奏，浪來浪去
隨著瀑布的縷縷身段，悠悠飄揚

一朵蓮花，用甚麼聽世界
妳說，一朵蓮花
用原鄉、用本土，種植太平洋的夢想
聽說，您每天都選擇在「新康山」打開眼眸
聽說，您用中橫公路打造了一把鑰匙

聽說，中央山脈的心門，以及
溪流湖泊的樸素芳心
都在等候您的
願力，啟動千年修禪的大門
修禪的大門，參悟為開
然後，用花、用蓮
渡化參天古木
渡化千里白雲
渡化淙淙流水
渡化片片森林

一朵蓮花，用甚麼聽世界
妳說，一朵蓮花
用河川、用溪流，連結太平洋的波浪
聽說，長虹橋橫向書寫的壁上風華
彷彿與鱟魚三億多年前的身世有關
聽說，七星潭弧形走向的風采
是自行車，用苦行僧的腳力
踏過的東海岸練習曲
聽說，立霧溪、三棧溪、木瓜溪的玉石
每一顆都可以開出燦爛的花朵
每一顆都可以開口唱一首歌謠

聽說，您是一座美麗的大理石城
山城的風，是用花、用蓮的情愫豢養的
山城的眼眸，是蓋婭深情的凝望
山城的耳翼，是秀姑巒山的聽覺
山城的唇瓣，是太平洋源遠流長的
海岸

附註：
一、花蓮的地理，觸動了我的宗教印象。
二、「新康山」位於花蓮縣卓溪鄉，號稱「台灣
　　十峻之一」，標高 3,331 公尺；就在千禧年的第
　　一天，祂，用花、用蓮的印象，迎接台灣的第一
　　道曙光。（2012 年 2 月 12 日刊登於更生日報「四
　　方文學」）

2010 太魯閣峽谷音樂節

太魯閣峽谷是太平洋遺落在後山的一粒貝殼
立霧溪是中央山脈佈下的最長最亮的眼線
錦文橋是洄瀾預設在山水之間的琴弦

所有澎湃而來的音符都因唐山的腳步肇起
一開始，橋的欄杆便拉起大提琴的奏鳴曲
而整片臺地是一面鼓
踩響的回音是先民的心跳
山谷裡來的風
以梆笛協奏曲喚醒山鳥
有一位狩獵英雄，站在山路的轉角處
以山巒的眼睛，凝視原初的悸動

所有繽紛而來的樂音都因老鷹的羽毛肇起
一開始，樹的枝幹便指揮泰雅族的舞步
影響山徑左右搖擺、忽落忽起的情緒
一開始，森林便以蒼勁之姿向世界發聲
挑動攝影機、錄影機的動感神經
主導冬天的焦距，把那魯灣的
豎琴，安置在東臺灣最陡峭的
瀑布

錦文橋是洄瀾預設在山水之間的琴弦
立霧溪是中央山脈佈下的最長最亮的眼線
太魯閣峽谷是太平洋遺落在後山的一粒貝殼

附註：
一、花蓮縣政府於 2010 年 11 月 20 日假太魯閣台地舉辦
2010 太魯閣峽谷音樂節。
二、演出曲目：有序曲（唐山過台灣）、原初的悸動、先
民的心跳及馬水龍：梆笛協奏曲等十個曲目。
（2012 年 4 月 25 日刊登於更生日報「副刊」）

池上鐵路月台便當

以妳的名，把池上的
風景切片
用花東縱谷的陽光與月光
煎、煮、炒、炸
於是
池上便當是一本書
翻開之後
米粒，排成一行又一行的雪亮的詩
瘦肉與滷蛋，陸續被咀嚼成意象
菜脯與醬瓜，在牙床上跳著交響曲

池上便當是一部舞台劇
舞者的腳印，排演成
山、川、河、嶽
月台是旅人的音樂盒
阡陌的手，牽著鐵軌的手
微風的夢，吹著田園的夢
你我他與大小行旅
入戲

附註：2013 年 8 月 20 日刊登於中華日報「副刊」。

傾聽一抹油彩的聲音

我是諸羅城的音符，回眸凝視一抹油彩
那一抹油彩，乘著歷史的翅膀
把一個時代的滄桑、色彩與節奏
演繹成一幅七彩的舞步
舞步，彷彿彩筆的腳，在「調色盤」旋轉

我是諸羅城的泥土，調合涵養一抹油彩
那一抹油彩，從嘉義公園到淡水
把城市的街道、田園與山川
建構成一座蘸滿顏色的舞台
舞台，隨著劇碼步調，在「調色盤」旋轉

我是諸羅城天空的一片雲彩
我是諸羅城土地的一幅自畫像
帽緣以上，有梵谷的沉思
帽緣以下，涵蓋著諸羅山的構想
我的眼神有蘭潭的影像
我的構想來自於自信的鼻樑
我的臉龐，彩繪著嘉義的光芒
我的顏料來自於嘉義的日月星辰

我在時代的畫廊，傾聽一抹油彩的聲音

我在北回歸線 N23.5 度，舞動一抹油彩

附註：
一、2011 年 9 月刊登於美麗嘉義月刊。(作者：蘋果花、雲天)
二、2011 年來自於嘉義市公共論壇網站「諸羅城之美」的版面。

My Daling 茄苳樹之夢幻組曲

樹，立於廣漠草原之中，昂首盱衡宇宙，謂之「大」
綠，生於浩瀚藍天之下，株株相連大地，謂之「林」
大林啊！My Daling！我的故鄉
有一棵茄苳樹，彷彿一面翡翠的鏡子……

之一、翡翠鏡子

遠觀，是一朵螢光蕈
近看，是一座涼亭
由遠而近，我寧願妳是一面
穿透千百年時空
等候我，入畫
聽夢的
翡翠鏡子

之二、豎琴

一支豎琴
委身在這片生態世界的
琴譜之中
以音樂之眼，凝視我

我用一首生態詩的眼神，回眸

我們的心眼
初次，在蒼翠與天空之間
有了對焦

之三、一葉舟子

妳就是一葉舟子

一葉廝守著偌大海洋
等候擺渡者的
划動節奏的舟子

啊
划動的節奏
妳就是一葉舟子

之四、一頭綿羊

就是一頭綿羊

用盡一座森林的魅力
燦，立於初冬的陽光底下
與我的攝影鏡頭，對望

我們的符號，決然是
這一個世紀，首次
邂逅並交合在一次對眼凝視的
極致美學

之五、法國號

寧願把妳當作法國號
寧願視妳為
牽牛花，以一種紫色的力量
說服全世界最美觀、最芬芳的
管樂器，站在有陽光斜照的某一個
角落，一起演奏莫札特第三號法國號協奏曲
第二樂章 浪漫曲，悠揚且
穿梭、盤旋在
翠黛似的碧湖之中

我寧願說妳是一把法國號

之六、一片荷葉

諸羅山之筆
思想如迎風的
夏荷，如一股鄉愁
擎天而起

擎天而起
My Daling 的一片荷葉
荷面撐起一座城市的夢
荷下涵攝妳我的心事

夏荷啊，妳的思想如迎風的
諸羅山之
筆

附註：
　　大林 My Daling，我美麗的故鄉，有一座「運動綠
廊」，綠廊裡，有一棵茄苳樹，身段非常優美，一枝
一葉非常智慧、非常音樂、非常文學，也非常藝術。
筆者以為，這棵樹，可以媲美台東池上的「金城武
樹」。(2015 年 3 月 15 日刊登於中華日報副刊)

輯二 生態詩篇

客家大院之組曲

之一、廚房之客家小菜

客家精神必需醃製過，家鄉菜才夠味
大腸與薑絲必需小炒過，鄉愁才會更濃
灶頭是克難魔術家，鍋碗瓢盆是克勤音樂家
舌尖是耐勞舞蹈家，菜餚是刻苦藝術家

之二、書房之晴耕雨讀

門扉是一本書，推開，田園阡陌盡是硯台
窗櫺是一本書，推開，鳥囀蟲鳴皆是文章
卷軸是一本書，攤開之後，琴聲可以研墨，棋
盤可以
寫字，書香可以擂茶。畫境，可以作文

之三、臥房之客家本色

八腳床是一座休養生息的　山
花布棉被是拓荒之後，孵夢的子宮
梳妝臺前，化妝卸妝，下床
上床，有唐山帶來的夢，接續誕生

之四、三合院之悲歡離合

阿公阿嬤，是坐擁天空的正身
東廂房、西廂房，是阿公阿嬤的雙臂
大門小門窗戶，是客家八音的出口
庭院菜園，有文化的味道，在風吹雨淋日曬

之五、大廳之客而家焉

客至於斯，斯土斯民斯情斯義
而今而後，鄉心鄉音鄉夢鄉土
家門清風，廳前案上，燭台點燃日月
焉能坐視漫山荒蕪，春水老去

附註：本作品獲得 2015 桐花文學獎。苗栗客家大院是
客家文化的縮影，置身其中，深感其「勤儉持家」的
情懷。

蓋婭的凝視

海上的島，是一座蓮花
而，花瓣上端坐的
妳，是一塊等候審美的玉石
妳的眼神，是等候太陽的
月亮

臉上的淚，是一片海洋
映照於波光的閃亮的
妳，是一片等候發芽的夢
妳的傳說，是海底等候翻湧的
浪潮

翻湧而起，向世界招手
妳是天空呱呱落地的構想
妳是荒原文思不斷的藤蔓
妳是森林管理四季的花草
妳是山巒醞釀詩句的玉石
妳是大地擬寫文章的樹木
妳是田園深情種植的微笑
妳是我脈搏裡翻湧的波濤

波濤向宇宙招手

溪海河湖是大地的眉毛

妳是天空呱呱落地的構想

浪花是妳的眼睛，妳的眼睛在凝望

附註：（2013 年 12 月 1 日刊登於中華日報「副刊」）
花蓮縣文化局文化園區擺置了一座名之為「蓋婭的凝
視」的石雕作品，藝術形象特別吸引人，尤其是那一
滴垂掛在臉龐的「淚」。雕刻家林忠石試圖透過雕刻
的藝術，以蓋婭的形象，傳達對生態保育的呼籲，及
對大自然的崇敬之心。

我在國家圖書館遇見莊子

北冥有魚，其名為鯤。鯤之大，不知其幾千里也。
化而為鳥，其名為鵬。鵬之背，不知其幾千里也。
（莊子 ‧ 逍遙遊）

我的忙碌，暫時丟給自由廣場的鴿子啄食
我的悠閒，隨著一群麻雀，用城市的
街舞，走走停停，停停走走
慢慢地飛入前面，那一座國家圖書館

我的行囊，暫時擱置在圖書館的書桌
我的六根，隨著鍵盤的啟動，用莎士比亞的
劇碼，把喜怒哀樂，羽化成
蝶，漸漸地撲向前面，影印機的燈光

我向管理員預約一座森林
管理員說，你在窗外撿拾的鳥囀蟲鳴
可以在樓上樓下，書本的樓台
按圖比對，你在
海洋遇見的那枚月亮
風吹過來的那顆星子
青花瓷上，窯燒的詩詞

窗戶，光線穿透進來的音符

借書證是一隻鵬鳥
可以乘載村上村樹到此對談
書桌的燈光下，有魚
館外的自行車是，鯤
城市是一片海洋
這裡的悠遊卡，可以帶領你的
夢，到處逍遙，四處遊賞

附註：2013 年 11 月 14 日刊登於中華日報「副刊」

研習中心生態池之交響樂章

右腳才踏進光明路 1 號的大門，左腳緊跟著一片初冬的陽光。

　　順時鐘方向繞過圓柏，然後向右轉，不久便有龍柏在左邊的道路，站成兩排，一路夾道列隊歡迎，再順著木蘭　的方向走，約莫 5 分鐘的時間，就發現有一位伊人，用明亮的眼眸對我顧盼。哇！這就是我夢寐想見的「研習中心生態池（鯉魚潭）」。

　　一路走來，我最喜歡台灣肖楠，因為她的身形高聳直立而優雅。

　　整個園區，紅蜻蜓最親切，彷彿總招待般的熱情，令人倍感溫馨。

　　愛上了生態池的風采，於是我寫了一首長長的交響詩。

序曲：肺葉之美

聽說，那個地方的空氣，有散文的味道
聽說，那個地方豢養著一片肺葉，葉面上有五線譜，可以填詞譜曲
聽說，那個地方住著山的意象，住著水的聲音，也住著一紙風景畫。

信不信？

不然，請您攜帶一部照相機、一部宋詞，
以及一本散文集

沿著虎山路，或者沿著中興路，到光明路
來。

我們一起.......

邀請一群蜻蜓，一起踮起腳尖

一起攜手舞蹈，一起做深呼吸

之一、第一樂章：聳立於生態池的交響樂
團總指揮

鯉魚是聳立於生態池的交響樂團總指揮

嘴裡噴出的水柱，是全世界最「水」的指
揮棒

指揮棒的弧度，架構成一座拱型的龍門

如果你要穿越這一道門

請用心關懷池裡池外，生命的經典佈局

君不見

池水是流動的樂章，湧起於嘴裡乾坤

命運是交響的詩篇，湧起於池中世界

鯉魚是聳立於生態池的交響樂團總指揮

之二、第二樂章：主奏與協奏

主奏一、睡蓮

瞧，睡蓮一手撐開一個季節

整個季節，睡蓮不想睡
不想睡，就是不想睡
只想伸長手臂、張開手掌
然後，假裝貝多芬的姿勢
用一個慵懶的午后
演奏「單簧管三重奏」

主奏二、帝王蓮（附註１）

在水上擁有一席之地
並非想如此逍遙自在的自封為王
君不見，真正的帝尊
是棲息在葉面上的蜻蜓
　　　　　蝴蝶
　　　　　塵埃
還有不時吹過來的　風

主奏三、小橋

彎彎曲曲的小橋，彷彿薩克斯風
栱型的小橋，好比爵士鼓
那些橋上的腳印、橋下的浮水印
很像音符
也像文字
妳說
橋上，妳的眼眸拓印著一池秋水
橋下，有一群鯉魚在朗讀妳的夢

主奏四、綠頭鴨（附註2）

那頭上的一抹綠
可是南投境內，最綠的一座山脈
那一雙眼睛，可是南投的
天空，遺落在中興新村的
最碧綠的潭

主奏五、生態池的天空

天上的雲說：生態池完美地複製我的詩想

生態池說：這裡的天空，喜歡借用我的夢，
搭建舞台

我的舞台有足夠的空間
容許世間萬物，在此演繹
容許大自然把全世界的
生命故事，都編成一本舞台劇

在這裡放映

協奏一、漂流木

如果生態池是一座音樂殿堂
你想扮演什麼？
你說：「流浪是一首詩
飄泊是一支交響曲
我是海頓遺失在生態池畔的小提琴
我是駐足等待踢踏的舞鞋」

如果生態池是一座文學殿堂
你想扮演什麼？
你說：「用破折號，延伸聲音之美

用書名號，標示詩歌之美
用頓號、逗點，呈現意象之美
我是貫穿朝代與朝代之間的文字
我是撰寫歷史的如椽大筆」

協奏二、榕樹

修剪過的榕樹
好比剛剛落髮的小沙彌
信誓旦旦地聽從風的意見
頻頻頷首表示：
「我將用罄一生的禪夢
固守這一池燦美的風華」

尾曲：

喜歡生態池之美，因此我說：
「我的詩想是大自然的種子，偶然飄落在妳
的波心。
請許我在此安然著床，請許我在此繁衍幸福」

妳說：

「生態池的絕美之處，在於池裡池外的風景之美，在於池畔凝聚的寧靜與禪思，也在於恬淡的含蓄與濃郁的內蘊之美。」

「這景象，我稱它為『包容萬物』，你說呢？」

附註：
1、「維基百科」記載：王蓮俗稱大王蓮（帝王蓮），是睡蓮科王蓮屬植物的通稱。此屬只有兩個物種，它們擁有巨型奇特似盤的葉片，浮於水面，以它那嬌容多變的花色和濃厚的香味而聞名於世。
2、「維基百科」記載：綠頭鴨，雄鴨鳥頭及頸部呈深綠色。雌鴨鳥通體褐色斑駁，頭部有黑褐色的貫眼紋。
3、2010年11月28日上午，我帶著一片初冬的陽光與一部照相機，拜訪南投縣中興新村光明路1號「地方研習中心生態池（鯉魚潭）」。
4、鄭健民，《研習論壇》月刊第121期，南投縣，地方研習中心「研習論壇月刊社」，2011年1月1日，頁51。
5、這首組詩參加2010年地方研習中心徵文比賽獲得第1名。

油桐花的組曲

1. 油桐樹

枝幹是山巒的指揮棒，而
踮起腳尖，舞動森林的
妳，是入夏最雪亮的 C 大調

2. 油桐花，開

山想告白，所以五月來了
樹想告白，所以花開了
花想告白，所以約我山中相見

3. 油桐花，落

縱身而飛，如瀑
飄飄而舞，如雪
紛紛而下，如白白的蝶雨

4. 花泥

花在上，泥在下，蟬鳴在空中
我在山巒之東，妳在河濱之西

花泥對話的聲音，商角徵羽

5. 種子

是等候飛翔的金龜子
是等候日出的山巒
是等候打開的話匣子

附註：2013 年 6 月 8 日刊登於中華日報「副刊」

含羞草的心事

天空，擁有一個夢
妳的小手，擁有一片天空

於是，妳有話不想說
因為妳的小手在等候碰觸的理由
等候碰觸一個小小的世界
等候碰觸一則想飛的故事
等候碰觸一朵花開的聲音
彷彿一雙、一雙又一雙的小手
想要握住一座山巒的秘密
想要握住一片草原的心事

於是，妳有話不想說
因為妳的小手在
等候撩撥一池聽禪的秋水
等候驚醒一隻坐禪的蝴蝶
等候串出千百顆小花球
等候抓住妳的微笑、我的夢想
每個太陽、每個晨曦、每個月亮
等候抓住整個地球、整個宇宙

妳說，天空，擁有一個夢
妳的小手，擁有一片天空

附註：2011 年 6 月 2 日刊登於國語日報「少年文藝」版

漂流木之歌

當小提琴被風雨放逐之後
漂流在溪河的樂曲，浮盪成
一個偉大的構想。

當獨奏激起土石效應之後
流浪，隨薩拉沙泰的大夢堆疊成
一座富麗的殿堂。

河流是否奔向境外，大海
迎接的儀式是否足夠莊嚴，而
擺渡的吆喝聲，是否來自山壁的迴響
那陣趕往南洋渡冬的白鷺鷥，是否
已然無恙

童話的預言，順著潮流沿岸破解森林的
密碼。世紀的伏筆，最後逐一
判定彼岸的方向。一場不用票根的
終極之旅，沿途有
舞鞋，在尋找夢
夢，在尋找舞鞋

附註：2010年7月28日刊登於國語日報「少年文藝版」

水珠，在荷葉上

水珠，什麼時候也化身成
千萬顆太陽，在荷葉的方圓世界
涵攝一個透明的宇宙，照見
一滴禪

荷葉，曾幾何時
已經轉身為千百張翅膀
在湖水尚未入定之前
裁成一片風景的衣袂
等待水珠，變成一顆又一顆
貼心的鈕釦

荷花，靜靜地打開夢的眼眸
花瓣，輕輕地攤開夢的眼眸
荷葉，默默地撐起夢的眼眸
水珠，慢慢地凝聚夢的眼眸
你的眼眸映現著夢的眼眸
我的眼眸映現著夢的眼眸
夢的眼眸映現著我的眼眸

我的眼眸是千萬顆水珠

水珠，什麼時候也化身成
千萬顆太陽，在荷葉的方圓世界
涵攝一個透明的宇宙，照見
一滴禪

附註：2011 年 1 月 27 日刊登於人間福報「副刊」

炮仗花的故事

之一、嗩吶

嗩吶，在山谷裡傳說
傳說一串一串歡天喜地的故事
故事裡的章節
有迎親的鼓吹樂
有花園的鼓吹樂
冬天連接著春天
綿延不斷的音符，連接著藤蔓

藤蔓連接著臍帶
臍帶連接著子孫
子孫連結著橙黃色喜慶
橙黃色的喜慶連接著春天的希望
春天的希望連接著一枝一枝的嗩吶
一枝一枝的嗩吶連接著一枝一枝的嗩吶

之二、窗簾

春天的窗簾，好熱鬧
習慣妝點山的截角
習慣點綴庭園的圍牆

喜歡摹仿溪河鵝卵石的聲音
喜歡把圓錐形狀的花樣
裁剪成吉慶的、橙黃色的窗簾

窗簾，在春天好熱鬧
喜歡攀緣妳的睫毛
喜歡纏繞我的心事

之三、鞭炮

瞧！炮仗花，竟然假裝成
一串一串的黃橙色的鞭炮
可是，怎麼嚇
都嚇不走忙來忙去的蜜蜂

瞧！鞭炮，花開的聲音
竟然假裝一串一串的炮仗花
可是，怎麼趕
都趕不走一群一群的蝴蝶

附註：2011 年 5 月 27 日刊登於台灣時報「台灣文學」

C 大調的貓

我是化外的幽浮
一如前世的輪迴，偷偷地套住
麥田一圈一圈的謎團。

妳是森林躲藏在高樹上的
夏蟬，喜歡用空靈的女高音
叫響這一座好像木魚的　山巒。

河畔繽紛的花朵是不經意
拂面的風。水面點綴的蜻蜓是
悄悄帶走一片愁緒的　雲。

豪飲流星的湖心，其實是
一首失眠的　咖啡。漸次攪拌的
漣漪，確定是一夜不睡的螢火蟲

不想睡覺的，其實還有窗外的那一隻
很 C 大調的貓，很調皮地來回踩踏鋼琴的
鍵盤，把音符濺起十二丈高

十二丈高的音符，就只淋濕不想睡覺的

我，以及
書桌上一本剛才夢醒的筆記簿

附註：2014 年 1 月 12 日刊登於更生日報副刊

白鷺鷥的天空

三五白鷺戲海天，幾片白雲戀塵緣。
水花濺起千百偈，一偈一偈一滴禪。

1、白鷺嬉遊雲水間

江　蝦　　日月星雲　　花　山
　湖　蟹　　　　　草　谷
　　河　魚　　　鳥　森
　　　海　鯨　獸　林
　　　　　　鷺
　　　　　　　白
浪花是大海的思想
雲朵是天空的森林
而
濺起的水，是起舞的白鷺

水珠在凝視；陽光在凝視
一整個午后
空氣裡，所有的
攝影機在凝視；大海在凝視
收起一隻腳的
白鷺鷥閉著眼，在凝視

2、腹語

一支嘴喙，掀開江水之門
於是，豢養在水裡的詩詞歌賦
爭相探頭，想說話
想用風景的腹語，傳達
羽毛心事

兩三翅膀，橫越高山之巔
於是，餵養在山中的五顏六色
逐漸展翅，想飛翔
想用森林的筆觸，暈染
風雲萬千

附註：2014 年 5 月 3 日刊登於更生日報副刊

白鷺鷥戀曲

選擇在稻穗收割的季節
踏上你的背
跟著你，犁動整個地球
跟著你的腳步
尋找蘊藏在田畝的芽苗

選擇在你播種稻秧的季節
踏上你的背
跟著你，翻動整個世界
跟著你的腳步
尋找農夫埋藏在田野的腳印

選擇點播一首交響曲
我要聆聽你引擎發出的管樂聲浪
我要聆聽你走過阡陌的口哨聲
我要聆聽你翻動世界的土壤聲
我要聆聽你犁動地球的大地聲
還有，稻穗整串整串收割的
清脆的幸福的聲音

選擇在田園花草騷動的季節
踏上你的背

或者選擇一個翠黛的季節
與你舉辦一場有稻香的
金黃色的農稼婚禮
然後與你廝守半畝田、一個夢

詩後語：

　　小時候，田園裡經常有這樣的經典畫面，農夫拉著牛隻犁田，有些白鷺鷥跟在後頭撿食蚯蚓，有些白鷺鷥踏在牛背，狀似牧童，神情瀟灑。這樣的農村景象，也是畫家及攝影家最喜愛捕捉的風景。曾幾何時，這樣的唯美意境，悄悄地被時代的產物（鐵牛、耕耘機）取代了，此刻稻田的圖景搭配，已經變成「稻田、農夫、耕耘機（鐵牛）、白鷺鷥」。

　　時過境遷，雖然水牛變成鐵牛，溫熱的背變成冰冷的機械，白鷺鷥彷彿不改情愫，且悠哉悠哉的說：「世間萬物都有情，即便是冷冰冰的機械，也都散發著一種來自於原始的大自然的愛。」

附註：2011 年 11 月 19 日刊登於更生日報「副刊」

海芋的聯想

山城的蝶，繽紛如樂音
如
白來白去
飛來飛去
夢來夢去的
一群跳大腿舞的女子

是誰可以撐起一部宋詞
是誰可以開出一朵禪
是誰可以賴在我的鼻尖不走
是誰可以停駐在我的耳翼唱歌
是誰可以娉婷如白鷺
是誰可以在山城最韻緻的田野，站成
一首詩、二首詩、千百首詩

是一群跳大腿舞的女子
夢來夢去的
飛來飛去
白來白去
如
山城的蝶，繽紛的樂音

附註：2011年11月1日刊登於更生日報「副刊」

水族箱的狂想曲

之一、宇宙的原型

其實，那是一架鋼琴
跳動的手指頭，是活蹦亂跳的魚
上上下下的琴鍵是起起伏伏的魚
不斷飛躍的旋律是不斷穿遊的魚
更替演奏的曲子是一尾一尾的魚
其實，那是一架鋼琴

其實，那是宇宙的原型
魚群是飛鳥，是雲朵
水，是城裡城外的空氣
水草，是過去與未來的符號
漂流的飼料，是一顆一顆的流星
其實，那是宇宙的原型

之二、書房與舞池的變幻

是一間書房，還是一座舞池

你說，一排書架、一張書桌
燈光是水，書本是魚

文字與標點符號是卵
水草多情如筆，石頭愉悅如夢
所有泉湧而來的水泡是不斷泉湧的文思
所有孵化而出的意象是不斷繁衍的生命

我說，魚群是舞者，想像是舞曲
浮萍是舞鞋，光色是舞衣
這箱，是一座舞池

附註：2013 年 10 月 9 日刊登於更生日報「副刊」

炮仗花的聯想

之一、吹鼓吹

嗩吶，在山谷裡傳說
傳說一串一串的故事
故事裡的章節
有男人的鼓吹樂
有女人的鼓吹樂
冬天連接著春天
綿延不斷的音符，連接著藤蔓
藤蔓連接著藤蔓
臍帶連接著臍帶
兒孫連結著兒孫
橙紅色連接著橙紅色
吉慶的印象連接著吉慶的印象
一枝嗩吶連接著一枝嗩吶

之二、窗簾

炮仗花是春天的窗簾
習慣用熱鬧的顏色
延伸生命的聲音
習慣用圓錐的
花樣喜氣，垂掛
新年的祝福

之三、鞭炮

瞧！炮仗花，竟然假裝成
一串一串的黃橙色的鞭炮
可是，怎麼嚇
都嚇不走忙來忙去的蜜蜂
瞧！鞭炮，花開的聲音
竟然假裝一串一串的炮仗花
可是，怎麼趕
都趕不走一群一群的蝴蝶

附註：2011 年 2 月 19 日刊登於金門日報「副刊」

阿里山的雲海

停
諾亞方舟的航線，橫豎交錯成床
貓的桃色陷阱，蹲踞成床套
白鴿的羽毛，複製莎士比亞的十四行詩
神木的嘆息，逗留在床頭櫃的邊緣發芽
妳我前世交相糾纏的髮絲
彷如今生不忍割捨的藤蔓

聽
那千萬匹駿馬
踢踏，踢踏
乘著莫札特的、蕭邦的交響曲而至

那無垠的阡陌
縱的，橫的
踏著巴哈的、孟德爾頌的樂曲而來

看
一座山巒的煩惱
暫時擱置在床邊的窗牖
妳我一疊一疊的華麗與哀愁
懸宕在床帳最耀眼的角落

山頭，即將浮現的日出印象
是一首未完成的交響曲
曲目是床尾打到床頭
分分，合合

附註：2011 年 3 月 27 日刊登於金門日報「副刊」

海的聲音

於是，跳著跨越時空的舞步
是海豚駕馭島嶼與沙灘奔馳的
英姿。前世與今生，因而
穿針引線，漲漲退退的
潮汐，作美麗的縫紉

月出大海的眼眸
原來是海鷗銜起的半壁寂寞
說是要豢養開開謝謝的花朵
說是要說服一陣來自四面八方的風
化身夢的捕手
不斷上演花鋤掀開與掩埋的
故事與情節 --------- 關於每一場掀開簾幕的
真情告白

於是，海平線呈現的是演奏者的琴弦
浪花的節奏，撥動的是海的心跳
海，來來去去起起浮浮的曲調
是千軍萬馬踢踢踏踏踏踏踢踢
響個不停的蹄聲

附註：2012 年 8 月 15 日刊登於金門日報「副刊」

聽海

乘著風　策馬分鬃
以行書的奔放姿態
翻閱線裝的史前章節
乘著風　打橫豎起伏的
折衝交會時空
點　捺　挑　撇

最先抵達彼岸的貝殼
以極慢板的長音
獨奏第一樂章。
玩沙的小孩　為了完成第二樂章
以嬉鬧的童詩　堆疊一座城堡。
岩石與歐鷺　接受浪花的邀請
加入打擊樂團。
雲　揮動詭譎的指揮棒
引導變幻莫測的氣候
成就澎湃且磅礴的
第三樂章浪濤協奏曲調

第四樂章　乘著風
駕馭流浪的海平線
停落在音域的阡陌之間

等候運筆馬鬃　蓄勢
待發

附註：2010 年 10 月 28 日刊登於國語日報「少年文藝版」

向日葵

冬天，有一抹會發燙的眼光
在千里之外，回眸
在千百年前，回眸
回眸
就在咫尺之遙
把一季的「美」，烙印在我的「夢」

冬季，有一枚會朗讀的唇瓣
在山野之間，發聲
在水墨之間，發聲
發聲
就在山水之間
把一季的「情」，述說成我的「話」

冬天，有一片會聆聽的耳翼
在前世的長廊，豎起來
在來世的渡船，豎起來
豎起來
就在今世的大地
把一季的「戀」，譜就成我的「曲」

附註：2012 年 7 月 25 日刊登於馬祖日報「鄉土文學」

紅龍果的聯想

之一、妳的一生

這決然是妳的節慶

圍牆是一面多媒體簡報
放映的主題是
妳的一生

妳的一生
從芝麻伸手向天空招手的場景開播
有火龍群舞，漫天追珠
出現一枝一枝紅色的火柴棒
紅色的火柴棒，等候
點，燃
一連串鞭炮
轟隆的雷鳴
花開的聲音
竹子的語彙

這決然是妳的節慶

之二、燈謎

圍牆，為了解開
一個一個燈謎
提著月光
提著星光
提著燈籠
在鄉間的小路
與一群愛好猜謎的
螢火蟲，漏夜
共謀

之三、花的初夜

初次，發現夢的
眼睛，在有月光的夜裡
逐漸張開

初次，發現她
把一生的繁華
把一夜的璀璨
都獻給寂靜的
夜

附註：火龍果，又稱三角柱仙人掌、紅龍果及吉祥果等，有
10 個品種，花果形態特異，果實有紅皮白肉、紅皮紅肉等，
統稱墨西哥仙人掌果。又稱月下美人、夜仙子、霸王花。原
產於墨西哥及中美洲地區，由荷蘭於 1645 年將其引進台灣。(
2011 年 3 月 2 日刊登於更生日報「副刊」)

鄉村交響曲

白鷺鷥

白衣隱士，杵在枝枒末梢
以老僧的神采釋放悲憫的瞳眸
把悠悠的天地凝視成一滴露水

小草

每天早晨
你們以青翠纖手托缽恭迎
一道閃亮的宇宙禪心

萬年之後　依舊
昂昂然　以堅毅的笑靨
閱讀春秋　賞析日月星辰

品茗

松濤　以抑揚頓挫的
旋律　豢養壺的魂魄　而
百川澎湃的音符　縈繞
拍　翅振飛的白鷺鷥
在杯海的天空　紛飛

阡陌

白鷺鷥成群從南北方向飛來
把妳我的夢想圍成一個「人」字

雞鵝成群從東西方向覓食而來
把妳我的田園
譜就成貝多芬的〈交響曲〉

附註：2010 年 9 月 9 日刊登於國語日報「少年文藝版」

花蓮石雕組曲

之一、蓋婭的凝視

餌是一則透明的希臘神話
眼眶是一條長長的東海岸線
海岸線是釣竿；淚水是魚

之二、下雨的石頭

石頭是洄瀾天上滴落的一個　韻
韻是冰裂在山水之間的雕痕
雕痕是泅泳著美麗與哀愁的河流

之三、岩之舞

鑿錘是舞者的腳
一鑿一痕，都是舞步
舞池在山巒與海洋的迴轉之間

之四、雲在七星潭

雲朵是等候反芻的意象
石頭是孕育與堆砌靈感的硯台

七星潭是期待文章、等候落款的宣紙

之五、孕育

原鄉的大理石是孕婦
太平洋的風是最佳助產士
意象的切入，原來可以無痛分娩

附註：2013 年 12 月 2 日刊登於更生日報「副刊」

海芋，花開的聲音

一分開三分開五分開七分開
哇，竹子湖的夢，全都開了
全都開了，全都開了
妳聽見了嗎？
關於風聲、關於雨聲、關於讀書聲
關於霧聲、關於蟲鳴鳥叫聲
關於貝多芬 F 大調第六號交響曲
關於一幅潑墨畫的
映象，捲起的千層白浪

一分開三分開五分開七分開
哇，竹子湖的夢，全都開了
全都開了，全都開了
妳看見了嗎？
有一場熱鬧的婚紗秀
在阡陌與阡陌之間跳著街舞
在一畝田與一畝田之間衣袂飄飄
在山水與山水之間搔首弄姿
妳看見了嗎？
有一群喜氣洋洋的白鷺
在快門與鏡頭之間翹首企盼
在藍天與綠地之間踮起腳尖

在晚春與初夏之間遞嬗耳語

妳看見了嗎？

有一群紛飛的白蝶

在廣袤的田野，等待出閣

在山城的櫥窗，被雕刻出神

在海上，演繹著全世界最浪漫的組曲

一分開三分開五分開七分開

哇，竹子湖的夢，全都開了

全都開了，全都開了

妳聽見了嗎？

關於美麗詩歌烙下的浮水印

關於千軍萬馬踏響的絕美痕跡

妳聽見了嗎？

關於那些屬於花田的腳步聲

關於種植在阡陌與阡陌之間的音符

關於逐漸靠近與逐漸分開的夢囈

附註：第六號交響曲是貝多芬少數親自命名的作品，且
在各樂章均有標題。從樂曲中能深刻感受他對大地的
眷戀之情，透過音符傳遞世界萬物和諧共存的理想。(
2011 年 3 月 4 日刊登於馬祖日報鄉土文學)

你我是逐漸走向歷史的一棵樹

之一、起初

以「國際換日線」為鼻樑
東邊，撕下的日曆，揉成一團太陽
西邊，撕下的日曆，揉成一團月亮
你的長相，原來是半邊臉加半邊臉
你的表情，原來是睜一隻眼、閉一隻眼

之二、後來

有一天，你挖空厚片土司的中間區塊
放入夢囈，放入波特萊爾的詩，再蓋上土司
然後，花了五分鐘，吃掉一整塊「棺材板」。
有一天，棺材把你的美麗及哀愁，放入其中
然後，花了五分鐘，吞噬你的一生。

之三、透明的子宮

歷史博物館是巨大的、透明的子宮
你我是逐漸走向歷史的一棵樹、一株花
一隻蝴蝶，或者一粒五百年前的石頭
逐漸走向晶亮的玻璃，逐漸標示夢的編號
逐漸穿透琥珀色的風景，逐漸解開圖畫的密碼

附註：波特萊爾 (Ch. Baudelaire) 是法國文壇的桂冠才子。
日本作家芥川龍之介有一句名言：「人生不如一行的波特
萊爾。」(2013 年 6 月 25 日刊登於更生日報「副刊」)

輯三 行旅詩篇

日月潭的纜車之旅

1
飛吻，用山鳥的嘴喙
把這一端，我的信箋 ---- 傳送到那一端，妳的信箱。
宇宙，用太虛的定律
把這一端，我的星球 ---- 傳送到那一端，妳的星球。

來來回回的飛吻 -------------- 來來回回的信箋
所有橫越過的山脈與潭水都是一種甜蜜的信諾
信不？
君不見，那潭，是汪汪的妳的凝視
君不見，那山，是濃濃的妳的眉毛

2
飛船，以山城之名
把這一端，我的風景 ---- 傳送到那一端，妳的風景。
雲朵，以天空之名
把這一端，我的世界 ---- 傳送到那一端，妳的世界。

來來回回的星球 -------------- 來來回回的風景
所有橫越過的山脈與潭水都是一種堅定的信仰
不信？
君不見，那潭，是水水的妳的酒窩
君不見，那山，是豐厚的妳的唇瓣

詩後語：

101 年的冬天，日月潭纜車，從這一端到那
一端，沿路收容翹家的色彩與聲音。

附註：2013 年 1 月 13 日刊登於中華日報副刊

天空之橋，外一首

妳唸：「黃河之水天上來，奔流到海不復返」
我歌：「天梯之旅腳踏雲，一階一階上青天」

妳說，是不是因為黃河太長
所以才吟唱李白的將盡之酒
隔空敲響叮叮噹噹的酒香
把一座長長的橋
迷醉在山谷與山谷之間

我說，是不是因為天空之橋太長
所以才打造二百六十五個階梯
用連綿的階梯，假裝蕭邦的鋼琴鍵盤
用旅人的行腳，假裝蕭邦的手指
用一首旅人集體的音樂創作
鏗鏗鏘鏘地揭露兩座山巒蘊藏千年的心事

◎天梯的胃口

當視覺吃掉整座山谷的風景
我的耳翼，被帶往溪畔聆聽鵝卵石的心事
我的靈魂，蛻變成茶樹上待採的三片葉子
妳的髮，被飄成天梯通往彼岸的扶手

當聽覺吃掉整座山谷的風景
我的 Do.Re.Mi，被晾成一座長長的天梯
我的 D 大調，被飛翔的老鷹帶到山谷裡盤旋
妳嘴裡的小曲，臨時客串天空之橋的主題曲

當嗅覺與整座山谷的風景扯上了關係
甜美是塗抹在山壁上非常曖昧的巧克力色
小草之香是森林裡面小麋鹿奔跑的蹄聲
恬淡之美是湖水被鷗鷺踏起的幾滴水花

當天梯一口吃掉我的輕愁與焦慮
我的夢，被它的胃　消化成彼岸的一陣風

附註：「天空之橋」位於南投縣猴探井，全長 204 公尺，
有 265 階梯，兩端高低落差 5.65 公尺，地勢居高臨下，
立於其中，視野遼闊，是觀賞夜景的好去處。相傳清朝
同治年間，林姓子孫在南投市八卦山脈西側尋得風水寶
地，因整個山谷像一口井，山前的小山峰就像猴子蹲著
俯探井深，故稱猴探井。（ 2013 年 7 月 7 日刊登於中
華日報副刊 ）

我在一座城市，遇見幾米

我在一座城市，遇見幾米
新竹公園是一部寫滿花語的繪本
精彩的玻璃藝術纖維，連接著
杜鵑花館連接著玫瑰花館連接著茶花館
然後，沿著迎曦門的眉梢
沿著這一座城市的心事，飄著幾米的風
彷彿細長的頭前溪帶著世界文明
長途跋涉，越過雪山清晰的路徑
把風箏的心願，放得好遠
把「新竹之心」的願景延伸了
把「畚箕嘴」的嗓子拉高了
把東北季風的歌喉，唱響了
唱響了、唱寬了一座城市的夢

這一座城市的海岸，非常幾米
十七公里海岸線、自行車步道
沿著螃蟹騎自行車的路線
飄起英挺的夢想，沿著海天一線
與沙灘，一起聆聽一首蕭邦的鋼琴曲
與貓，喝一杯不加糖的咖啡
與妳，沿著南港半月型的沙灘散步
與妳走上十八尖山，細數著

百花遺落在十一座涼亭的囈語
然後遙望多情的夕陽
如何心甘情願的
把一生的幸福，託付給香山濕地

這一座城市的米粉，晾曬成一行一行的詩句
白白的米粉，白白的頭髮
樸素的文字，樸素的詩句
彷彿老夫老妻，手牽著手
緊緊地牽繫著細細長長的愛情
接受一座城市長長久久的祝福
妳說，這是一紙連接著一紙的的情書
我說，結髮為髻是妳我緊緊相繫的白首誓言
綿延的海與蜿蜒的岸，成就一則千風之戀
蜿蜒的潮間帶，接受一段老舊的戀情
垂掛晾曬的米粉，彷彿老老的榕樹
用飄飄的鬚髯，宣示一輩子長長的信念
長長的信念，隨著漫天的米粉香味
感染一座城市，潔白清淨的幸福與溫馨

這一座城市的風景，非常幾米
十九公頃的青青草原

楓樹連著櫻花樹連著黑板樹

大葉欖仁連著小葉欖仁連著印度紫檀

連著樹葉攤開手掌的聲音

連著金城湖候鳥過境的聲音

連著後花園此起彼落的腳步聲

連著妳的手、我的手，妳的心跳、我的心跳

然後，想像頭前溪形成喇叭狀的

谷口，緊緊地咬著旅人的夢

漸次對著百花齊放的城市，發聲

附註：2011 年 12 月 22 日刊登於馬祖日報「鄉土文學」

翠峰湖的環山組曲

之一、翠峰湖

一片翠黛的樹葉，懸掛著一滴
露水，涵攝著一座
山，用雙手環抱著
一面湖，用心包容
天、地，用謙沖映照妳眼光裡的
美學　　　哲學
　文學　　音樂
　　　藝術

之二、夫妻樹

一棵樹叫幸福，一棵樹叫愛情
兩棵樹，喜歡靜靜地站在這裡

幸福，是一封今生寫給來世的信
從信首到信尾、從問候到簽名
都有樹根在土地裡蔓延的香氣

愛情，是一瓶前世釀給今生的酒
從酒麴到發酵、從酒香到唇瓣

都有酒瓶開口對來世說話的味道

一棵樹是幸福，一棵樹叫愛情
兩棵樹，喜歡靜靜地站在那裡

之三、太平詩路

三朵雲
把天空的清晨凝聚成
一種彷彿陌生又親切的
鄉愁

一座涼亭
讓急忙的登山客，在階梯的
轉折處，放下身段
變成一幅潑墨畫

之四、太平山莊

屋內掛著一幅名之為〈氣味〉的
詩畫，是夢境裡的小宇宙

屋外鋪著一條名之為〈楓香〉的
階梯，是妳昨夜卸妝後
等候描繪的　眉

附註：
詩人李潼有一首詩〈三朵雲〉，就懸在宜蘭縣太平山
的「太平詩路」的路上。為了比對李潼的雲與太平山
的雲，我應秋蟬之邀，專程從翠峰湖那個方向而來。
2014 年 8 月 1 日刊登於更生日報副刊

南庄老街是一座長長的生活印象畫廊

南庄老街，是一座長長的河川印象畫廊
河川印象畫廊，鋪陳著山城的長長背景
長長的棧道、長長的竹橋、長長的砌石
長長的台灣纓口鰍、石賓魚、馬口魚
沿著「水中螢火蟲」（註）的光線
把一條溪的聲音，拉得好長
彷彿林懷民的「聽河」舞蹈節奏
沿著獅頭山清晰的稜線，長途跋涉
把廟宇信眾的祈求與心願，拉得好長
沿著「青石古道」，拉長了思古之幽情
沿著蒼鬱古木，拉長了一座山脈的天空
然後，任憑一面古樸的世紀的
鏡子 － －蓬萊溪
把南庄老街的生活印象，拉得好長

南庄老街，是一座長長的巷弄印象畫廊
巷弄印象卷軸，把山城的風采拉得好長
長長的花香、長長的客家風味
長長的古色古香的小巷練習曲
沿著攝影機的鏡頭、沿著彩繪的框架
沿著 50 年代丈母娘豆干的招牌，沿著
桂花釀造的夢想，沿著

花茶湯圓攪拌的蕭邦鋼琴曲
與貓一起淺嚐不加糖的咖啡
與妳沿著一層又一層的階梯步道
與妳品嘗桂花冰、桂花餅、桂花茶
傾聽一瓣又一瓣桂花的
囈語，飄落在洗衫坑，飄落在洗衣婦的髮上
與妳笑談「桂花巷」三個字體，如何陳列
琳瑯滿目的樸素，如何把一生的幸福
託付給這一條長長的巷弄長長的畫廊

百年郵局是一幅長長的信箋印象畫廊
信箋印象，把南庄老街的心情故事寫得好長
長長的信箱，裝著長長的信件長長的詞句
長長的思念，黏著長長的郵票，蓋著長長的郵戳
長長的門牌號碼連接著長長的時空
連接著南庄國小百年老樹的影子
連接著古老石階「乃木崎」的典故
連接著古老戲院此起彼落的腳步聲
連接著古早味冰棒溶解在嘴裡的時光
連接著永昌宮的裊裊輕煙
連接著阿嬤額上的皺紋，連接著山城的歲月
連接著妳手帕的味道，連接著

此刻，麻雀立足百年郵局屋簷的神情
然後，任憑一面古樸的世紀的
鏡子 --------- 廟前古井
把南庄老街悠遠的回聲、回憶，拉得好長

南庄老街的生活印象畫廊，把妳我的笑聲拉得好長
妳我的笑聲，把南庄老街的風景卷軸拉得好長
拉得好長，好長的攝影結構，好長的排列組合
好長的南庄生活印象畫廊 ---------
　　蓬萊溪是一面世紀的鏡子
　　鏡子以美麗的額頭，呈現著山水的皺紋
　　山水的皺紋書寫著一幅長長的風景卷軸
　　　　桂花巷是一部長長的劇本卷軸
　　　　沿路在上演一齣長長的電影
　　百年郵局儲存著一座山城，堆疊的印象
　　堆疊的印象，是一張一張翻印的明信片
　　明信片連接著明信片，好比一座長長的文字畫廊

附註：(2010 年 11 月 23 日刊登於馬祖日報「鄉土文學」)
一、苦花魚，又稱高山魚，覓食的時候會亮出肚皮，因此又稱「水
中螢火蟲」。

二、南庄鄉位於苗栗縣的東北隅，屬於苗栗的邊境地區，海拔
高度 120 公尺～ 2000 公尺，有著多元的族群文化（客家、泰雅、

賽夏族群）融合相處。東與新竹縣北埔鄉五峰鄉為界，南接泰安鄉八卦力山，西連獅潭、三灣兩鄉，北邊的獅頭山是南庄鄉與新竹縣峨嵋鄉的分界。境內，有蓬萊溪和東河溪，兩條溪在南庄老街附近會合，形成中港溪，貫穿全境，直奔入海，由於山原未受破壞，所以環境優美、山水清麗，是苗栗的旅遊勝地之一。

三、據相關資料記載，南庄地區，原是賽夏族的居住地，在清朝嘉慶年間，粵人黃祁英在斗煥坪與原住民結納後，開始進入南庄開墾，並在田尾（今田美村）地方落腳，截至目前已有一百八十年的歷史了。現在，南庄地區極力發展觀光業，老街的中正路及後街中山路是主要街道，散發著濃厚的客家風情。

白色沙灘

一座白色的沙灘世界

「陽明山是瓶子，海芋是情書」我說

「瓶中信，一座白色的沙灘世界」妳說

妳可曾聽說，「偉大的白色大道」（註一）
鋪敘著百老匯的戲劇張力
貫穿紐約市曼哈頓區的時代廣場
妳可曾聽說，北緯 25.1 度也有千畦花田
名之為「浩瀚的白色海洋」
選擇在春天掀起千層浪花
選擇乘著樂音的白色羽毛
扣響陽明山谷
扣響竹子湖的暮春與初夏
扣響海芋開設在山城的每一個部落格

妳可曾看見，一幅世界名畫
「第二號白色交響曲」的畫裡（註二）
那個謎樣的白衣女子俯視左手的神情
彷彿是一位穿著白紗的
新娘，跪在海芋田埂
注視著一株花，注視著
美國畫家惠斯勒表現白色衣袖的

筆觸，所勾勒的
白色的樸素

白色的大道，白色的海洋，白色的沙灘
白色的衣袖，白色的花，白色的少女與
白色的壁爐與白色的壁爐與白色壁爐的
白色的優雅

附註一：
美國紐約市劇院區，以貫通曼哈頓區中心時代廣
場的一條大街為名，聚集多家較大的劇院。19世
紀中期吸引了劇團經理或主持人。百老匯劇院的
數目和規模隨著紐約的繁榮而增長，至 1890 年
代，這條燈火輝煌的大街以「偉大的白色大道」
著稱。

附註二：
世界名畫「第二號白色交響曲 -- 白衣女郎」是美
國畫家惠斯勒的作品。以美麗女性臉部作畫而贏
得喝采。

附註三：2010 年 9 月 25 日刊登於更生日報副刊

南橫公路之組曲

之一、南橫起點

確定要打妳的眼眸最深邃的
視角，蜿蜒進入
要探究花開花落的過程
要追尋山澗紛飛的晨曦的
羽毛。確定是
要摸索一段蝶舞紛飛的山水腳本。
要與夏蟬在森林展開時空對話
要透過海拔的訊息，尋找一株會聽話的
野百合。確定要懷抱一個夢
試探交相重疊的山脈，可以採集
多少千百種心情

之二、「天池」的前世今生

層層通向雲的霧的關卡
每個階梯，都有妳的名
每個屬於妳的名的指標，沿著
一百九十個，曾經被踩踏過的千百回的
音階，的諾言，的信誓

誰說，此地不能膜拜愛情
誰說，這池夏天的夢　迴盪的
是邂逅於前世，如明鏡般的慾望
誰說遠處緩緩地飄來的那一陣霧
不是妳我緊緊交纏的腳步聲

之三、「埡口」的美麗與哀愁

高海拔是因為妳額前的飛霧
遮掩了我昨夜的心事
並非孤立於山巔的那一株松樹
看穿了前世的夢想

站在最高處，卻註定一輩子
必須默默無言，即便胸懷萬千星斗。
站在最高處，遠遠就端見妳
帶著一朵野百合，從霧裡走來
走入最深處，我只想用刺亮的頭燈
探尋蘊藏在妳懷抱裡的
那一種完美的極至

試問，多少交相黏膩的思維

才能繫住妳冷然的 燦美的
笑聲

之四、「利稻」之歌

妳從飛瀑清泉的無聲之處，縱身而來
我打高山流水的有情天涯，瀟灑而至

來去一座流浪山城，一個莫札特的
長笛、豎琴協奏曲的海上蓬萊
來去巴哈的情感世界，可以震撼
一座森林的交響樂曲
來去一座稻香洋溢的化外之境
一個貝多芬也願意下田播種的部落

在此掘一口井吧
這裡的水是陽光與蟬鳴共同醞釀的
這裡的夢是用維也納的月光烘焙的
這裡的日出是布農族的希望眼眸。
在此掘一口井吧
千山豈可獨行
君不見，那蒼勁老松引頸等候的是
君不見，那竹影搖曳揮袖如歌的是

君不見，那白鷺紛飛汲汲追尋的是

「妳從飛瀑清泉的無聲之處，縱身而來
我打高山流水的有情世界，瀟灑而至」

之五、南橫第一景《天龍吊橋》

一輩子可以在妳身旁徘徊幾趟
一座吊橋，可以承受多少思念的重量

請許我乘著一架紙飛機
在橋的這一端，打「前世」算起
我想橫越今世，我想橫越峽谷
我想橫越千年的鐘乳石
我想探索妳的美麗與哀愁

請許我乘著一架紙飛機
在橋的那一端，以布農族的禮儀
迎妳，以布農族的音樂
迎妳，以百步蛇的神話
迎妳，以峽谷巒嶂的芬芳
迎妳，以一池溫泉，深情的眼眸

請許我乘著一架紙飛機
在吊橋的天空，橫越
此岸與彼岸，然後
再以布農族的母語，問妳
一輩子可以在妳身旁徘徊幾趟
一座吊橋，可以承受多少思念的重量

附註：2010 年 11 月 26 日刊登於更生日報「副刊」

解開南投山水的拉鍊

之一、清境之美

當攝影鏡頭架著我，走上階梯
目測一座山脈的美麗座標
我發現三個秘密
－－六大步道是扣住清境風景的拉鍊
－－旅人的腳步是解開拉鍊的手
－－青山綠水是絕美無瑕的胴體

天上的雲朵，陪著山上的綿羊吃夢
山上的綿羊，陪著天上的雲朵舒卷
妳說，到底是雲朵剽竊綿羊的幸福
還是綿羊偷偷地在模仿雲朵的自在

步道是伸展台，攝影鏡頭豢養著我的構思
一群法國菊，用白瓣黃心，綻放山巒的夢
妳說：「鏡框的右上角，大量繁殖著
一種名之為北歐的鄉愁
左上角，有千百隻蝴蝶，沿著草原的
視窗，蛻變成前世的風景」

之二、奧萬大之美

我親眼目擊，長達 2425 公尺的
火燒山事件，打一座森林
蔓，延，開，來
蔓延開來，因而
有一片秋風，甘願為藝術犧牲
選擇在最冷的季節，居高臨淵
率領千萬片楓葉，往抽象的懸崖
縱　身　而
跳

我親眼目擊，長達 2425 公尺的
火燒山事件，打奧萬大的
吊橋，延燒到日本十和田湖
延燒到奧入瀨溪（註）
延燒到妳的睫毛，然後灰燼的
美麗，在妳的耳翼周遭，羽化
哀愁，在妳的眼角末端，燃放

之三、廬山溫泉之美

是花與劍過招的武俠情境

是虛幻與真實的山中傳奇
是一池可以煮夢的泉水
是掛在樹梢的那一抹紅
是埋在地下，不斷湧起的音符
是山間，不斷穿梭的青鳥
是山上小溪帶著一連串鞭炮
拉啪啦、炮聲隆隆的鑼鼓喧天

是我含著一片茶青，想著一部小說
是妳含著一片花瓣，做著一則故事
是塔羅灣溪淙淙奔放的
節奏，叫我緩緩入眠
緩緩入眠，一腳踩入蘇東坡預設的陷阱
陷阱裡，我與一株櫻花共宿一夜
陷阱裡，我醉倒在一首詞牌的左側

之四、合歡山之美

層巒疊嶂是冬天最漂亮的棋盤
飄落的雪花是步步為營的棋子
海拔的高低，決定風景的棋局
落葉的沉思，等候下一盤，棋

漫山的華髮，是雲朵拓印冬天的愁緒
嫣紅的掌印，是山巒寄給秋天的宣言
溪河蜿蜒的構想，是為了圍繞
一座森林，是為了迎接旅人的
多情笑容

當嶙峋的夢，用冰冷的溫度開花
地下湧起的生命，是詞彙的雙手
當武嶺的南十字星，不斷燃燒黑夜的傳說
省道台十四甲線，登山客不斷解開拉鍊
山外的夢想，因著腳步聲，在此結蛹
山上的蝴蝶，因著腳步聲，飛揚而出

附註：
日本詩人大町桂月驚歎：「遊必十和田湖，走必奧入
瀨溪三里半」，道盡十和田湖與奧入瀨溪楓紅之美。
奧入瀨溪被譽為「世界第一美溪」，是紅葉的代名詞。
2011 年 6 月 12 日刊登於更生日報「副刊」

黃金海岸之浪漫書寫

如果以義大利的西海岸概念
聯想北台灣的東北角的繪本架構
那黃金海岸的沙灘是否會有
類似雪萊、拜倫、濟慈這等詩人
相約至此,共同海祭詩化的
文字

如果妳是交響樂團的指揮
海邊的第一個拍點
會落在天空與海洋之間嗎
第二個拍點,是否會指揮鷗鷺的
情緒,凌駕印象派的思想浪潮
飛落在島嶼與夢想之間
第三個拍點,是否會以緩緩變化的
慵懶哲學,飄落在岩上的咖啡館
飄落在咖啡館的鋼琴鍵盤上
飄落在鍵盤上,舒躺的貓的眼眸
飄落在貓踏過的,沙灘上的足跡

如果妳是英國畫家泰納(附註)
妳是否會安排黃金海岸的第一抹夕陽
掛在畫布的左上角

如果妳是岸邊小木屋的主人
妳是否願意容納旅人的腳印及
漂流木疲憊的身影暫住一宿
如果妳是海邊的詩人
妳是否願意在海上的黎明與中午
與我攜手嬉戲海浪
是否願意在海岸的東北角尋找貝殼
讓風、讓海、讓雲
一起，來一場跨越世紀的對話

如果昨夜遺落在和平島上的散章
已經打豆腐岩的晨曦中醒來
如果鷗鳥以提琴的聲音
順著岩壁邊緣，向妳緩緩走來
妳是否願意扮演一株聽海的樹
妳是否願意以一座島嶼，迎我

附註：
泰納與他同時代的康斯塔伯〔 John Constable 〕
同被認為英國浪漫主義時期的繪畫大師。泰納
二十一歲，他的第一幅油畫作品《海上漁民》
〔 Fishermen at Sea 〕在皇家美術館展出。這幅
習作以震撼人心的筆觸描繪了深夜海上的漁民，
當時引起了轟動。
2010 年 10 月 14 日刊登於馬祖日報「鄉土文學」

紅毛城之戀

從嫣紅的窗櫺，探頭傾聽
這城堡的上上下下
響起的，可是
西班牙語、荷蘭話、日本話、台語
還有 ABC。
哇！那遙遠的聲音，彷彿古堡藏匿的
槍孔，長了腳，上樓、下樓
叮叮咚咚、此起彼落的
音符，就像迷失三百多年的
歷史跫音，沿著紅牆四處攀爬的
藤蔓，完美地書寫著時代蛻變的
滄桑情事

從嫣紅的窗櫺，開始瀏覽
妳問：眼前這一座城堡的
命名，是「聖多明哥城」比較浪漫
還是「安東尼堡」好聽
我說：以鑲嵌荷蘭人的髮色為背景
再用一支歷經丹青錘鍊的
硃筆，力透１．９公尺的磚牆厚度
然後，揮寫時空之外的
江上煙波，任令逐漸嬝娜上昇的

霧氣，隨著城外領事館的
下午茶，隨著那一杯熱騰騰的
咖啡，佐配城裡城外的風景
呵！漁人說：這風味
真的好淡江、真的好老街

從嫣紅的窗櫺，探頭傾聽
眼前江水述說的是荒老的故事
妳說，侵略的顏色好像颱風前的彤雲
我說，租借是另一種侵略式的野玫瑰
而，城頂的雉堞，彷彿在說：

「露台射口注視的是
台灣海峽的煙波，縹緲而上的是
觀音山的禪意
描準的是淡水河最絢麗的夕陽
至於堡前的六尊古砲
發射的標的是萬家燈火
鎖定的是淡江渡輪的千百盞
燈光。燈光，以及
旅客眼眸深處，泛起的
粼粼地，粼粼地傳說」

從嫣紅的窗櫺，探頭傾聽

這城堡的上上下下

響起的，確定是西班牙語、荷蘭話

日本話、台語，還有 ABC。

那古堡典藏的槍孔

如今，已成為觀賞淡江最佳的視角

那迷失三百多年的歷史藤蔓

攀爬的是紅牆的夢囈，書寫的

確定是時代以外的另一種記憶

附註：

據台北縣淡水古蹟博物館記載，紅毛城的歷史背景略以：
「十七世紀初期，西班牙人覬覦台灣優越地理位置，進入淡
水後，在淡水河口邊的山丘上，興建聖多明哥城。爾後，擊
退西班牙人的荷蘭人，接著在聖多明哥城的城址附近重建一
座更為堅固的城砦－聖安東尼堡。來到台灣的外國人因長期
航行與本身髮色稍淡且偏紅，所以平埔族人大多稱外國人為
紅毛番，紅毛番住的地方為紅毛城」。

2010 年 11 月 15 日刊登於更生日報「副刊」

夢竹林

一片葉子，可以豢養一個夢嗎
或者，俠者的輕功
暫時可以抵擋一則如霧的
愛情招式

聽說
這裡所有的竹葉都會演繹舞者的語彙
這裡所有的影子都會描繪騷人墨客隱居的心事
這裡所有的落葉，從古至今都在
掩蓋美麗與哀愁的塵土，都在
閱讀過客腳印的聲音，都在
演算做夢的方程式，都在
行走草書的步伐

一片竹葉，可以透視一雙眼眸嗎
或者，流浪者的灑脫
可以寫成山間一片竹林的滄桑情史
可以烘焙一幅漫山咖啡樹的圖畫
可以解釋一片雲海的夢境
可以敘述一部江湖遺失的武功秘笈
可以遇見幾枚獨角獸的足跡

一片竹林，可以臨帖多少行書
寫者的筆端，可以勾畫人世間多少滄桑情話

詩後語：
傳說，這世上有一種動物叫做———獨角
獸。據說，她是全身白色的駿馬，行走如飛，
在牠的額頭上長著一隻金色的角。進入夢
竹林，我彷彿窺見了獨角獸的影子與足跡。
（「夢竹林」，位於瑞里風景區「若蘭山莊」
的附近）我在這個空間的截角，迷入一片竹
林，遇見蘇東坡，我們下了一場棋。

2010 年 10 月 20 日刊登於馬祖日報「鄉土文學」

一個女人蓋的房子

女人是一座完美的城市
城市是一件上帝的作品
沙灘的印象是一首交響曲的腳步聲
一切狂想與浪漫，絕然是
完成最佳構想的主張

每一棵樹的愛情能不能發芽
每一座城市的繁華能否綻放
關鍵字是一枚伍角硬幣
主題是被丟棄的船版
搜尋的內容屬於古典童話續集
至於雕塑的前因後果、女人的
曲線，以及畢卡索抽象的
世界，聽說
必然與一座城市的傳說有關

當一座城市的美麗已逐漸綻放
擱淺在海岸的每一只咖啡杯
都盛裝著一首漂流木的歌謠
歌謠的每一個音符，都在蛻變
蛻變成玻璃帷幕的透明文字
走吧，當一座城市的美麗已逐漸綻放

前方不遠的地方
還有未竟的夢想
還有一葉木舟，滑入月光的冥想

附註：
１新營交流道附近有一塊看板如此書寫著：「下交流
道，往新營市區五百公尺處，有『一個女人蓋的房
子』」。
２某日午后，我在新營交流道附近「伍角船板」品茗，
與一杯咖啡淺談心事。
３新聞媒體曾經如此報導一則新聞：「當她（伍角船
板的女主人謝麗香）忙過一陣子之後，她會告訴自己：
『去流浪吧！』」。……她又將拾起行囊，沒有固定
的行程，自我放逐。
2010 年 5 月 27 日刊登於馬祖日報「鄉土文學」

夕陽・紅檜・我

夕陽，喜歡寫詩
所以總愛把經典愛情，圈成緋紅的
句點。

紅檜，最愛靦腆
所以總讓千年相思，天天片片
剝落

我，傾心明月
所以，在杯海裡撐篙，任憑
腳的聲韻，萬般
顛倒

詩後語
100 年 4 月，杉林溪牡丹盛開的季節。森林
裡，千年紅檜輕輕地告訴我一則關於夕陽、
紅檜與我的對話。

2011 年 5 月 4 日刊登於馬祖日報「鄉土文學」

中二高「清水休息站」

車過中二高的夜晚
沿著大肚山的胸膛，滑入
輪船擱淺海洋的浪漫印象。

船上，放眼都是美麗的謠言
謠傳這裡的魚，都是山下的
夜景餵大的。
謠傳這裡的太陽，是喝了露天咖啡
才變紅的。這裡的購物街，到處
在販售黑夜的舶來品。
這裡的圓型池塘，是
黛安娜遺落人間的淚水。這裡的
餐廳，是閃爍的隕石堆砌的。
這裡的大開窗，隱藏著
畫家畫布左上角的童話寓言。
這裡的草原，專挑
情侶踩踏過的聲音。

車過傳說中的夜景世界
城市的天空
向旅人的視界，如此留言：
「沿路，右岸不斷窯燒黑色咖啡

左岸是黑色海洋的神話邊境
黑夜如此閃爍 ---- 無畫，可說。」

附註：2010 年 9 月 23 日刊登於馬祖日報「鄉土文學」

竹子湖的白色情人交響曲

第一樂章（慢板）

不是蒹葭，卻多情如霜
不是白髮，卻舒卷如雲
不是 Fiore 高腳酒杯，卻潔淨如詩（註1）
不是琴鍵，卻叮噹作響
不是嬌妻，卻白色如情人
不是童話繪本，卻燦美如畫

第二樂章（慢板－快板）

穿越山谷，我只記得妳的
美好。只記得有一個午后
白色與白色在風中
撞擊

彷彿千指竄動的
水舞，從竹子湖的思維
噴出乳白色的悸動
彷彿千枚白色唇印
烙在一座山城的額際
企圖冰釋一株花的

雄偉

第三樂章（慢板）

我，傾心明月
於是，相約在花海之間撐篙
任憑詞令的
韻腳，萬般顛倒

你，以海芋為妻
於是，攜手在陽明山谷耕作
任憑阡陌的
音階，鏗鏘起伏

第四樂章（快板－慢板）

我以聶魯達之名
私下向陽明山海拔六百公尺處
訂購一座白色的小木屋。
今夜，我要懷抱十四塊木板
向月下的海芋表白
我將為她寫下一百首情詩

一百首有關於
白色的山丘、白色的大腿
白色的手巾、白色的蜜蜂
以及，一百隻雪白的蝸牛排列的構想

註 1：
Fiore 高腳杯是義大利花朵系列的高腳酒杯，
狀似海芋花朵高挑的身材，娉婷的姿態。
2010 年 6 月 7 日刊登於馬祖日報「鄉土文學」

淡水老街的側影

老街，伸展多情的港灣
呵護百年低迴在街頭巷尾的
天空翦影，夕陽泛紅的耳翼
在綠蔭掩映下，任憑江邊的
風，吹動旅人一船又
一船的心事，來回
裁翦潮起潮落的
悸動

用一杯咖啡
租借一面可以寫生的窗牖
向岸邊流浪的風，購買
三千雪白的髮絲
請託老街某一棵老樹
樹下的畫家，目測蝴蝶停留的
姿勢

向屋頂上的麻雀，打聽
岸邊賣唱女孩的消息
探詢碼頭上的
漁人，已經垂釣了多少鄉愁
凝視燈塔，等待

托缽的吉他手，以昏黃的
燦美的音域，拯救岸邊的
即將溺斃的
夕陽

附註：2010 年 8 月 15 日刊登於馬祖日報「鄉土文學」

轉角咖啡屋

轉個彎，把台裝的休旅車寄放在
夜景負責看守的停車場，再轉個彎
把唐朝的月光擱置在斑駁的欄杆
再繞幾個彎，進入莫內的石階步道
經過一座韓式偶像劇的花園
打牆上歐式的風尚
耀眼招牌，越過服務生的肩膀
然後，用一杯墨西哥咖啡
購買一首蕭邦的獨奏曲
再點一杯冰冰的白蘭地
轉個身，晾在窗楣的藤蔓轉彎了
轉個身，餐桌上的花瓣轉彎了
再轉個身，眼前每條山路的
屋角，隨著方向盤與導航衛星
往另一家咖啡屋的方向
轉彎
轉了幾次彎，千百株咖啡樹，飛過我的嘴角

註：
1.2011 年 9 月 22 日刊登於馬祖日報鄉土文學
2. 進入雲林縣古坑鄉「華山風景區」，往咖啡屋的路上總
會在轉角的地方，遇見不同風格的咖啡。「轉角」，於
是成為華山文學步道（又稱「雲林文學步道」）的標點符號。

霧的鋼琴詩想—行旅詩篇

淡水行系列：情人橋

如是，聽聞
盤據碼頭的那座橋，是奧爾菲宇斯手中的豎琴
橋下粼粼地波光，是伊麗黛絲飄颺的髮絲

如是，聽聞
左岸的橋畔，有炭筆在紀錄愛情的心跳
右岸的路燈，有火苗在窯燒依偎的影子

爵士樂說
妳，鍾情於藍色
所以琴音煮沸如怨如慕的河水
所以琴弦把過往的雲煙，架構成一頂含情脈脈
的冠冕

風箏說
妳，愛上狩獵的英姿
所以拉動弓弦，等候十二星座的垂憐
所以把箭矢的流線，修飾成一種崇拜的容顏

如是，聽聞
妳是漁人豢養的雪白鯊鯨
妳是情人眾相朝拜的女神

如是，聽聞
落日，喜歡用咖啡燃燒旅人讀詩的視線
渡輪，甘願在水上撰寫心情文章，詮釋
大海兒女遺落在月光底下的夢

附註：2010 年 7 月 9 日刊登於馬祖日報鄉土文學

過港隧道的印象

車過太平洋的腹部，終於記起
好久以前，這裡的海水，曾經
把妳我的笑聲，捲成
浪花，把魚蝦的青春，捲成饕客臉上的
微笑

眼角上的魚尾紋，通過海岸線
遊客的舌尖是操控潮汐的
手。任憑大海如何狂傲，任憑
海浪如何翻案，鮮美的案情
一如水缸裡豢養的朝陽與落日
終究必須面臨熱鍋上，煎煮炒炸的審判

山洞的兩端，是天上下凡的
耳翼，用夕陽與海平線的藝術格調
收納浪花的告白與遊客的
心事。且聽
那端漫長的防坡堤是一首蜿蜒的印象情詩。
這端低徊的渡輪，是一支擅長交響的管樂團。
那端濺起的水聲，是戲浪小孩，手裡的短笛。
這端迎面吹拂的風，是吟哦不斷的詩歌。
那端，這端，三輪車沿著大街小巷，一路偷聽

藍天與海，私密的耳語

車，經過太平洋的腹部，貝殼有回聲
星子在上、方向盤在前、浪聲在後
妳在旁。

附註：
高雄「過港隧道」，全長為 2550 公尺，是台灣唯一水
底公路隧道，位於臺灣高雄市前鎮區與旗津區之間。
穿越這個隧道，可以進入旗津海岸公園，走過山洞，
可以通往西子灣海水浴場及中山大學。
2014 年 11 月 24 日刊登於「e 世代文學電子報」

「神話之鳥，就在馬祖」

序：
有「神話之鳥」美譽的黑嘴端鳳頭燕鷗，西元
1863 年被發現，直到 2000 年，出現在馬祖的
無人小島。

之一、瓶中信

「無人小島是瓶子，燕鷗是情書」我說
「神話之鳥，是瓶中信」妳說

之二、繁衍幸福

原來，幸福可以在此繁衍
即便，全世界的浪潮，都從
攝影鏡頭，澎湃洶湧而來
我們的愛情

如防備嚴密的，島

之三、愛情之島

一座島，長了一雙翅膀

黑色嘴喙，是一枝如椽大筆
蘸上馬祖海峽的
水，在北緯 26 度的
夏天，圈選可以著床的子宮

附註：2011 年 2 月 11 日刊登於馬祖日報「鄉土文學」

金城武樹

天上有一群雲，排成一條長長的弦
地上有一群人，排成一條長長的弦
背景有一座山，橫成一條長長的弦
樹我之間的路，橫成一條長長的弦
花東縱谷是一個大提琴的匣子
委身於池上風景的茄苳樹，是
一具會彈跳稻香的大提琴

大提琴的拉弓是來來往往的腳踏車的
輪軸，是花東縱谷溝渠上的
風車，是春夏秋冬不停轉動節奏的
手，是滑動音符、踢躂旋律的
腳足，是縱橫交錯、廝守鄉土的
阡陌，是延伸一條沒有電線桿的
小路，流金一位偶像的身影與
腳程，擦身而過的那一塊
石頭，委身於那棵昂首燦然的
樹

附註：
　　花東縱谷的一株茄苳樹「金城武樹」(台東縣池上鄉田
埂旁)，2014 年 7 月 23 日因麥德姆颱風的侵襲而倒地。
　　好在，這棵樹被救護了；好在，當地的陳姓農民在樹下
找出幾粒種子，培育了幾株樹苗，成功地延續了這棵樹的

命脈；更好在，筆者的攝影機，保留並見證了他前世
與今生的風貌。(請鑑賞雲天的攝影作品→金城武樹的
前世與今生)
---- 刊登於《野薑花詩集》季刊 第 12 期

藏龍 ---- 為 2012 彰化鹿港燈會喝采

2012 是鹿港人文形成的一條歷史長廊
鹿港小鎮是一條用毛筆堆成的巨龍
大街、小巷是一點一撇一橫一豎
鹿港小鎮屋頂上的斑駁瓦片是龍的鱗片
霓虹燈與招牌，晾成龍的衣衫
甕牆與紅磚牆，站成龍的繪本
街燈用鹿港人的熱情，列出兩排龍陣
在妳我的影子中
交叉比對前世與今生

2012 是鹿港小吃形成的一條歷史長廊
老龍師肉包的饕客排成好長好長的隊伍
阿振肉包的饕客排成好長好長的隊伍
鄭玉珍糕餅的鳳眼糕排得好長好長
東華素食麵茶沖泡的香味飄得好長
鹿港的美食小吃都是龍的美食佳餚
今年電視新聞最夯的報導主題
就是龍的兩種生理反應
---- 消化，遊客（喜悅）＋燈籠（燦爛）＋煙火（絢麗）
---- 排泄，環保袋（詩意）＋環保桶（堆疊的故事）

2012 是人龍形成的一條歷史長廊

君不見，大家不在意的龍
就隱藏在接駁車的停車場
妳說，排隊等候接駁車的遊客，很像蛇行
我說，那是一種熱鬧的 8 字人龍
遊客的人氣連接著遊客的人氣
妳的步伐連接著我的步伐連接著龍的步伐
妳的心跳連接著我的心跳連接著龍的心跳
妳的喜悅連接著我的喜悅連接著龍的喜悅
一部接駁車接著一部接駁車接著一部接駁車
一條街道彎過一條街道彎過一條街道

2012 是藏龍形成的一條歷史長廊
妳看見的是主燈、副燈與千里龍廊藝術花燈
我看見的是人龍、車龍與美食小吃文化路燈

附註：2012 年 3 月 6 日刊登於馬祖日報「鄉土文學」

坐看雲起時

跋詩〈坐看雲起時〉

不同於王維的筆下千秋
我在某一個悠閒的
午后，砌一壺「塔塔加」的
茶，任令嬝娜而起的
煙霧，拂動妳的
髮梢，撥弄山谷的
雲霧，如案上指尖彈跳飛舞的箏弦

妳說，茶霧繞指如禪
我說，妳恬淡的坐姿，清淨如
詩，攪拌成杯海的
茶色，通過唇瓣，進入體內
融合五臟六腑流動的
旋律與節奏，寧靜如一樹櫻花的
微笑，溫火如禪

禪，溫火如山谷的雲朵
如我，在草地上，用一首詩的
平仄，碰觸有聽覺的、有嗅覺的
懸崖，情商滿谷的芬芳所堆砌的
台階，一起迎接川流而來的
遊客

不同於王維的筆下山水
就在櫻花雨紛飛的午后
我選擇在天空與山巒的眉宇之間
架設了心事三腳架
搜尋長距與短距的
歷史對焦
------ 妳眼裡的雋永處 ------
------ 我夢裡的三角點 ------

附註：2015 年 7 月 14 日刊登於更生副刊

雲天（鄭健民）的文學大事記

1987 中華民國孔孟學會孔孟論文比賽優等獎

1988 中華民國孔孟學會孔孟論文比賽優等獎

1989 中華民國新詩學會全國大專院校新詩創作比賽第 3 名

2003 詩作〈蝶變四部曲〉獲選為太平國民小學詩歌朗讀作品

2007 聯合文學第 2 屆文學小市民徵文比賽市長特別獎

2007 第三屆「華山詩人節」徵詩競賽第 3 名

2007 「社造薪火 · 諸羅之光」首獎

2007 雲林縣社造徵詩競賽第 2 名

2008 「揭開記憶的寶庫」在新竹教育大學及清華大學詩歌朗誦

2008 台北市長庚生技公司感恩與回饋徵詩比賽第 2 名

2008 嘉義市國際管樂節「管樂心情故事」徵文比賽首獎

2008 「伊甸福利基金會」「點亮小蠟燭，讓愛不熄滅」徵文活動
　　　首獎

2008 全球華文部落格大獎「雲天的詩工廠」部落格初選入圍

2008 出版詩集《世界在我的眼眸起落》

2009 林務局「森愛宣言」新詩創作比賽佳作

2009 長庚生技感恩活動徵詩比賽第 1 名

2009 嘉義市 98 年度社區深度文化之旅「徵文比賽」第 1 名

2009 參加「愛 · 步道 · 阿里山—心情故事」徵文比賽佳作

2009 嘉義市第二屆甜根子草文藝季徵求歌詞競賽活動特優第 1 名

2009 嘉義市國際管樂節「管樂心情故事」徵文比賽第 2 名

2009 嘉義市國際管樂節「管樂心情小語」徵文比賽首獎

2009 第一屆造福觀音徵文比賽初選入圍（佳作）

2010 感恩活動徵詩比賽第 1 名

2010 行政院文建會「好詩大家寫」專家評審佳作
　　網路票選第 4 名

2010 花蓮文學獎「菁英組」新詩創作競賽佳作

2010 宜蘭縣休閒農業「詩情畫意」社會組第 3 名

2010 研習中心生態池網路徵文比賽章第 1 名

2010 嘉義市國際管樂節「管樂心情故事」徵文比賽
　　第 2 名

2010 嘉義市國際管樂節「管樂心情小語」徵文比賽
　　入選

2011「第四屆部落客百傑」文學創意類入選
　　得獎部落格「雲天的詩工廠」

2011 出版雲天詩集《窗子的聯想》

2011 行政院人事行政局「地方研習中心」(e 學中心)
　　公共論壇網站「版主達人獎」全國第 1 名

2011 嘉義市政府公共論壇網站「版主達人獎」第 1 名

2012 南華大學 101 學年度碩士班在職專班錄取

2012 台北市中正紀念堂「國際口足畫家亞洲區聯展」

2012 高雄文學館文學演講

2012 獲嘉義縣市政府推薦參加教育部社會教育司世界
　　書香日系列活動

2013 第七屆南華文學獎入圍新詩決審

2013 第七屆全國研究生文學符號學研討會講評

2014 第七屆全國研究生文學社會學研討會發表論文

2014 南華大學文學研究所碩士專班第 1 名畢業

2014 論文刊登於南華大學《文學前瞻》期刊第 14 期

2014 錄取東海大學中文系博士班

2015 桐花文學獎（第 6 屆）獲得一般組新詩類佳作

2015 碩士論文獲國立台灣文學館收編《2014 台灣文學年鑑》

霧的鋼琴詩想

詩人選粹 2

霧的鋼琴詩想
雲天攝影詩集

作　　者：雲　天
美術設計：許世賢
編　　輯：許世賢
出 版 者：新世紀美學出版社
地　　址：台北市民族西路 76 巷 12 弄 10 號 1 樓
網　　站：www.dido-art.com
電　　話：02-28058657
郵政劃撥：50254486
戶　　名：天將神兵創意廣告有限公司
發行出品：天將神兵創意廣告有限公司
電　　話：02-28058657
地　　址：新北市淡水區沙崙路 25 巷 16 號 11 樓
網　　站：www.vitomagic.com
總 經 銷：旭昇圖書有限公司
電　　話：02-22451480
地　　址：新北市中和區中山路二段 352 號 2 樓
網　　站：www.ubooks.tw
初版日期：二〇一六年八月
定　　價：四八〇元

國家圖書館出版品預行編目（CIP）資料

霧的鋼琴詩想：雲天攝影詩集 / 雲天著 . --
初版 . -- 臺北市：新世紀美學，2016.08
面； 公分 --（詩人選粹；2）
ISBN 978-986-93168-4-2（精裝）

851.486　　　　　　　　　　　105010444

新世紀美學